मनोरमा

मनोरमा

मुंशी प्रेमचंद

DD BOOKS
Publishers for New Generations

पुस्तक का नाम : **मनोरमा**
लेखक का नाम : **मुंशी प्रेमचंद**

कीमत :250/-
आईएसबीएन: 978-8119309115

DD Books
दिल्ली, भारत

www.ddbookshub.com
ddsalesglobal@gmail.com

विषय सूची

परिचय

मुंशी प्रेमचंद की कहानी "मनोरमा" उनकी सबसे प्रसिद्ध कहानियों में से एक है। यह कहानी एक गरीब लड़की की है, जो अपने बाप की मदद करने के लिए रोजगार तलाशती है। इस कहानी में मुंशी ने समाज में स्त्री की स्थिति के बारे में भी चर्चा की है।

मनोरमा एक गरीब लड़की है जो अपने पिता के साथ रहती है। उनका पिता एक बुढ़ा आदमी है जो बीमार रहता है और ज्यादा काम नहीं कर सकता। मनोरमा अपने बाप की मदद करने के लिए रोजगार ढूंढती है। उन्हें एक आदमी मिलता है जो उन्हें एक महिला के घर ले जाता है।

यह महिला अपने पति की बहुत ज्यादा सेवा करती है और मनोरमा से भी वही उम्मीद करती है। मनोरमा इस महिला के घर में कुछ दिनों के लिए रहती है और वहाँ काम करती है। लेकिन इस घर में उन्हें बहुत समस्याओं का सामना करना पड़ता है।

अध्याय 1

मुंशी वज्रधर सिंह का मकान बनारस में है। आप हैं राजपूत, पर अपने को 'मुंशी' लिखते और कहते हैं। 'ठाकुर' के साथ आपको गंवारपन का बोध होता है। बहुत छोटे पद से तरक्की करते-करते आपने अन्त में तहसीलदार का उच्च पद प्राप्त कर लिया था। यद्यपि आप उस महान् पद पर तीन मास से अधिक न रहे और उतने दिन भी केवल एवज पर रहे; पर आप अपने को 'साबिक तहसीलदार' लिखते थे और मुहल्ले वाले भी उन्हें खुश करने को 'तहसीलदार साहब' ही कहते थे। यह नाम सुनकर आप खुशी से अकड़ जाते थे, पर पेंशन केवल २५ रु. मिलती थी। इसलिए तहसीलदार साहब को बाजार-हाट खुद ही करना पड़ता था। घर में चार प्राणियों का खर्च था। एक लड़का, एक लड़की और स्त्री। लड़के का नाम चक्रधर था। वह इतना जहीन था कि पिता के पेंशन के जमाने में घर से किसी प्रकार की सहायता न मिल सकती थी, केवल अपने बुद्धि बल से उसने एम.ए. की उपाधि प्राप्त कर ली थी। मुंशीजी ने पहले से सिफारिश पहुंचानी शुरू की थी। दरबारदारी की कला में वह निपुण थे। कोई नया हाकिम आये उससे जरूर रब्त-जब्त कर लेते थे। हुक्काम में चक्रधर का खयाल करने के वादे भी किये थे, लेकिन जब परीक्षा का नतीजा निकला और मुंशीजी ने चक्रधर से कमिश्नर के यहां चलने को कहा, तो उन्होंने जाने से साफ इनकार किया।

मुंशीजी ने त्योरी चढ़ाकर पूछा-क्यों? क्या घर बैठे तुम्हें नौकरी मिल जाएगी?

चक्र-मेरी नौकरी करने की इच्छा नहीं है। आजाद रहना चाहता हूँ।

वज्र-आजाद रहना था तो एम.ए. क्यों पास किया?

उस दिन से पिता और पुत्र में आये-दिन बमचख मचती रहती थी। मुंशीजी बार-बार झुंझलाते और उसे कामचोर, घमण्डी, मूर्ख कहकर अपना गुस्सा उतारते रहते थे।

चक्रधर पिता का अदब करते थे, उनको जवाब तो न देते, पर अपना जीवन सार्थक बनाने के लिए जो मार्ग तय कर लिया था, उससे वह न हटते थे। उन्हें यह हास्यास्पद मालूम होता था कि आदमी केवल पेट पालने के लिए आधी उम्र पढ़ने में लगा दे। विद्या को जीविका का साधन बनाते उन्हें लज्जा आती थी। वह भूखों मर जाते, लेकिन नौकरी के लिए आवेदन-पत्र लेकर कहीं भी न जाते। विद्याभ्यास के दिनों में भी वह सेवा-कार्य में अग्रसर रहा करते थे और अब तो इसके सिवा उन्हें कुछ सूझता ही न था। दीनों की सेवा

और सहायता में जो आनन्द और आत्मगौरव था, वह दफ्तर में बैठकर कलम घिसने में कहां?

मुंशी वज्रधर ने समझा था, जब यह भूत इसके सिर से उतर जायगा, शादी-ब्याह की फिक्र होगी तो आप-ही-आप नौकरी की तलाश में दौड़ेगा। लेकिन जब दो साल गुजर जाने पर भी भूत के उतरने का कोई लक्षण न दिखायी दिया, तो एक दिन उन्होंने चक्रधर को खूब फटकारा।

चक्रधर अब पिता की इच्छा से मुँह न मोड़ सके। उन्हें अपने कॉलेज में कोई जगह मिल सकती थी। लेकिन वह कोई ऐसा धन्धा चाहते थे, जिससे थोड़ी देर रोज काम करके अपने पिता की मदद कर सकें। संयोग से जगदीशपुर के दीवान ठाकुर हरसेवक सिंह को अपनी लड़की को पढ़ाने के लिए एक सुयोग्य और सच्चरित्र अध्यापक की जरूरत पड़ी। उन्होंने कॉलेज के प्रधानाध्यापक को इस विषय में एक पत्र लिखा। उन्होंने चक्रधर को उस काम पर लगा दिया। काम बड़ी जिम्मेदारी का था, किन्तु चक्रधर इतने सुशील, इतने गंभीर और इतने संयमी थे कि उन पर सबको पूरा विश्वास था।

मनोरमा की उम्र अभी १३ वर्ष से अधिक न थी, लेकिन चक्रधर को उसे पढ़ाते हुए बड़ी झेंप होती थी। एक दिन मनोरमा वाल्मीकीय रामायण पढ़ रही थी। उसके मन में सीता के वनवास पर एक शंका हुई। वह इसका समाधान करना चाहती थी। उसने पूछा-मैं आपसे एक बात पूछना चाहती हूँ, आज्ञा हो तो पूछूं?

चक्रधर ने कातर भाव से कहा–क्या बात है?

मनोरमा–रामचन्द्र ने सीताजी को घर से निकाला, तो वह चली क्यों गयीं? और जब रामचन्द्र ने सीता की परीक्षा ले ली थी और अन्तःकरण से उन्हें पवित्र समझते थे, तो केवल झूठी निन्दा से बचने के लिए उन्हें घर से निकाल देना कहां का न्याय था?

चक्रधर–यदि सीताजी पति की आज्ञा न मानतीं, तो वह भारतीय सती के आदर्श से गिर जाती और रामचन्द्र को राज-धर्म का आदर्श भी तो पालन करना था।

मनोरमा–यह ऐसा आदर्श है, जो सत्य की हत्या करके पाला गया है यह आदर्श नहीं है, चरित्र की दुर्बलता है। मैं आपसे पूछती हूँ, आप रामचन्द्र की जगह होते, तो क्या आप भी सीता को घर से निकाल देते?

चक्रधर–नहीं, मैं तो शायद न निकालता।

मनोरमा–आप निन्दा की परवाह न करते।

चक्रधर–नहीं, मैं झूठी निन्दा की जरा-सी परवा न करता।

मनोरमा की आँखें खुशी से चमक उठीं, प्रफुल्लित होकर बोली-यही बात मेरे मन में थी।

उस दिन से मनोरमा को चक्रधर से कुछ स्नेह हो गया। जब उनके आने का समय होता तो वह पहले ही आकर बैठ जाती और इनका इन्तजार करती। अब उसे अपने मन में भाव प्रकट करते हुए संकोच न होता।

ठाकुर हरदेवसिंह की आदत थी कि पहले दो-चार महीनों तक नौकरी का वेतन ठीक समय पर देते; पर ज्यों-ज्यों नौकर पुराना होता जाता था, उन्हें उनके वेतन की याद भूलती जाती थी। चक्रधर को भी इधर चार महीनों से कुछ न मिला था। न वह आप-ही-आप देते थे, न चक्रधर संकोचवश माँगते थे। उधर घर से रोज तकरार होती थी। आखिर एकदिन चक्रधर ने विवश होकर ठाकुर साहब को एक पुरजा लिखकर अपना वेतन माँगा। ठाकुर साहब ने पुरजा लौटा दिया-व्यर्थ की लिखा-पढ़ी की उन्हें फुरसत न थी और-उनको जो कुछ कहना हो खुद आकर कहें। चक्रधर शरमाते हुए गये और बहुत-कुछ शिष्टाचार के बाद रुपये मांगे। ठाकुर साहब हँसकर बोले-वाह बाबू जी, वाह! आप भी अच्छे मौजी जीव हैं। चार महीने से वेतन नहीं मिला और आपने एक बार भी नहीं माँगा। आपको महीने-महीने अपना वेतन ले लेना चाहिए था। सोचिए, मुझे एक मुश्त देने में कितनी असुविधा होगी! खैर जाइए; दस-पाँच दिन में रुपये मिल जायेंगे।

चक्रधर कुछ न कह सके। लौटे तो मुख पर घोर निराशा छायी हुई थी। मनोरमा ने उनका पुरजा अपने पिता के पास ले जाते हुए राह में पढ़ लिया था। उन्हें उदास देखकर पूछा-दादाजी ने आपको रुपये नहीं दिये?

चक्रधर उसके सामने रुपये–पैसे का जिक्र न करना चाहते थे। मुंह लाल हो गया, बोले-मिल जायेंगे।

मनोरमा–आपको १२0) रु. चाहिए न?

चक्रधर–इस वक्त कोई जरूरत नहीं है।

मनोरमा–जरूरत न होती तो आप माँगते ही न। देखिए, मैं जाकर... चक्रधर ने रोक कर कहा–नहीं-नहीं, कोई जरूरत नहीं।

मनोरमा ने न मानी। तुरन्त घर में गयी और एक क्षण में पूरे रुपये लेकर मेज पर रख दिये।

वह तो पढ़ने बैठ गयी; लेकिन चक्रधर के सामने यह समस्या आ पड़ी कि रुपये लूं या ना लूं। उन्होंने निश्चय किया कि न लेना चाहिए। पाठ हो चुकने पर वह उठ खड़े हुए और बिना रुपये लिए बाहर निकल आये। मनोरमा रुपये लिए हुए पीछे-पीछे बरामदे तक आयी। बार-बार कहती रही-इसे आप लेते जाइये, पर चक्रधर ने एक न सुनी और जल्दी से बाहर निकल गये।

✠✠✠

अध्याय 2

चक्रधर डरते हुए घर पहुँचे तो क्या देखते हैं कि द्वार पर चारपाई पड़ी हुई है, उस पर कालीन बिछी हुई और अधेड़ उम्र के महाशय उस पर बैठ हुए हैं। उसने सामने ही एक कुर्सी पर मुंशी वज्रधर बैठे फर्शी पी रहे थे और नाई खड़ा पंखा झल रहा था। चक्रधर के प्राण सूख गये। अनुमान से वह ताड़ गये कि महाशय वर की खोज में आये हैं। निश्चय करने के लिए घर में जाकर माता से पूछा, तो अनुमान सच्चा निकला। बोलेदादाजी ने इनसे क्या - कहा?

निर्मला ने मुस्कराकर कहा–नानी क्यों मरी जाती है, क्या जन्म भर क्वाँरे ही रहोगे। ! जाओ बाहर बैठो; तुम्हारी तो बड़ी देर से जोहाई हो रही है।

चक्रधर–यह है कौन?

निर्मला–आगरे की कोई वकील नहीं है; मुंशी यशोदानन्दन।

चक्रधर–मैं तो घूमने जाता हूं। जब यह यमदूत चला जाएगा, तो आऊंगा।

निर्मला–वाह रे शर्मीलेसा लड़का तो देखा ही नहीं। आ-तेरा !, जरा सिर में तेल डाल दूं, बाल न जाने कैसे बिखरे हुए हैं। साफ कपड़े पहनकर जरा देर के लिए बाहर जाकर बैठे।

इतने में मुंशीजी ने पुकारानन्हें-, क्या कर रहे हो? जरा यहां तो आओ।

चक्रधर के रहेजाता तो हूं-ये। बोलेसहे होश भी उमड़ ग-, लेकिन कहे देता हूं मैं यह जुआ गले में न डालूँगा। जीवन में मनुष्य का यही काम नहीं है कि विवाह कर ले, बच्चों का बाप बन जाय और कोल्हू के बैल की तरह आँखों पर पट्टी बांधकर गृहस्थी में जुत जाए।

चक्रधर बाहर आये तो, मुंशी यशोदानंदन ने खड़े होकर उन्हें छाती से लगा लिया और कुर्सी पर बैठाते हुए बोले अब की-'सरस्वती' में आपका लेख देखकर चित्त बहुत प्रसन्न हुआ। इस वैमनस्य को मिटाने के लिए आपने जो उपाय बताये हैं वे बहुत ही विचारपूर्ण हैं।

इस स्नेहत कर पूर्ण आलोचना के चक्रधर को मोहि-मृदुल आलिंगन और सहृदयता-आज बहुत देर लगा -लिया! वह कुछ जवाब देना ही चाहते थे कि मुंशी वज्रधर बोल उठे दी। राजा साहब से कुछ बातचीत होनेलगी क्या।

यह कहकर मुंशीजी घर से चले गए तो यशोदानंदन बोलेअब आपका क्या काम - करने का इरादा है?

चक्रधर–अभी तो निश्चय किया है कि कुछ दिनों आजाद रहकर सेवाकार्य करूं।

यशोदा–आप जैसे उत्साही युवकों को ऊँचे आदर्शों के साथ सेवाक्षेत्र में आना जाति - के लिए सौभाग्य कीबात है। आपके इन्हीं गुणों ने मुझे आपकी ओर खींचा है।

चक्रधर ने आंखें नीची करके कहा–लेकिन मैं अभी गृहस्थी के बन्धन में नहीं पड़ना चाहता। मेरा विचार है कि गृहस्थी में फंसकर कोई तनकार्य नहीं कर सकता।-मन से सेवा-

यशोदा–मैं समझता हूँ कि यदि स्त्री और पुरुष के विचार और आदर्श एकसे हों-, तो स्त्रीपुरुष के कामों में बाधक होने के बदले सहायक हो सकती है। मेरी पुत्री का स्वभाव-, विचार, सिद्धान्त सभी आपसे मिलते हैं और मुझे पूरा विश्वास है कि आप दोनों एक साथ रहकर सुखी होंगे। सेवाकार्य में वह हमेशा आपसे एक कदम आगे रहेगी। अ-ंग्रेजी, हिन्दी, उर्दू, संस्कृत पढ़ी हुई है, घर के कामों में कुशल है। रही शक्लसूरत वह भी आपको इस - तस्वीर से मालूम हो जाएगी।

यशोदानन्दन तस्वीर चक्रधर के सामने रखते हुए बोलेस्त्री में कितने ही गुण हों-, लेकिन यदि उसकी सूरत पुरुष को पसन्द न आयी, तो वह उसकी नजरों से गिर जाती है, और उनका दाम्पत्यजीवन दुःखमय हो जाता है। मैं तो यहां तक कहता हूं कि वर और - न्या के लिए तो यह अनिवार्य है। चार बार मुलाकात भी हो जानी चाहिए। क-कन्या में दो पुरुष को स्त्री पसन्द न आयी, तो वह और शादियाँ कर सकता है। स्त्री को पुरुष पसन्द न आया, तो उसकी सारी उम्र रोते ही गुजरेगी।

चक्रधर के पेट में चूहे दौड़ने लगे कि तस्वीर क्योंकर ध्यान से देखूँ। वहां देखते शरम आती थी, मेहमान को अकेला छोड़कर घर में न जाते बनता था।

कई मिनट तक तो सब्र किये बैठे रहे; लेकिन न रहा गया। पान की तश्तरी और तस्वीर लिए हुए घर में चले आये। अपने कमरे में आकर उन्होंने उत्सुकता से चित्र पर आँखें जमा दीं।

उन्हें ऐसा मालूम हुआ, मानो चित्र ने लज्जा से आँखें नीची कर ली हैं, मानो वह उनसे कुछ कह रही हैं। उन्होने तस्वीर उलटकर रख दिया और चाहा कि बाहर चला जाऊँ लेकिन दिल न माना, फिर तस्वीर उठा ली और देखने लगे। आँखों को तृप्ति ही न होती थी।

चित्र हाथ में लिए हुए वह भावी जीवन के मधुर स्वप्न देखने लगे। यह ध्यान ही न रहा कि मुंशी यशोदानंदन बाहर अकेले बैठे हुए हैं। अपना व्रत भूल गए, सेवासिद्धान्त भूल - गए, आदर्श भूल गये, भूत और भविष्य वर्तमान में लीन हो गए, केवल एक ही सत्य था, और वह चित्र की मधुर कल्पना थी।

सहसा तबले की थाप ने उनकी समाधि भंग की। बाहर संगीत समाज जमा था। मुंशी- बजाने का शौक था। गला तो रलीसा न था-वज्रधर को गाने, पर ताल स्वर के ज्ञाता थे। बाहर आये तो मुंशीजी ने धुरपद की एक तान छेड़ दी थी। पंचम स्वर था, आवाज फटी हुई,

सांस उखड़ जाती थी, बारबार खांसकर साफ करते थे-, लोच का नाम न था, कभीकभी - बेसुरे भी हो जाते थे, पर साजिन्दे वाहवाह की धूम मचाये हुए थे।-

आधी रात के करीब गाना बन्द हुआ। लोगों ने भोजन किया। जब मुंशी यशोदानंदन बाहर आकर बैठे तो बज्रधर ने पूछाचीत हुई-आपसे कुछ बात-?

यशोदा–जी हां हुई, लेकिन नहीं खुले।

बज्रधर–विवाह के नाम के चिढ़ता है।

यशोदा–अब शायद राजी हो जायें।

प्रातःकाल यशोदानन्द ने चक्रधर से पूछाक्यों बेटा-, एक दिन के लिए मेरे साथ आगरे चलोगे?

चक्रधर–मुझे तो आप इस जंजाल में न फंसायें, तो बहुत अच्छा हो।

यशोदा–तुम्हें जंजाल में नहीं फंसाता बेटा, तुम्हें ऐसा सच्चा सहायक और मित्र दे रहा हूँ, जो तुम्हारे उद्देश्यों को पूरा करना उपने जीवन का मुख्य कर्तव्य समझेगी। यों तो मैं मन से आपको अपना दामाद बना चुका, पर अहल्या की अनुमति ले लेनी आवश्यक समझता हूँ। आप भी शायद यह पसन्द न करेंगे कि मैं इस विषय में स्वेच्छा से काम लूं।

चक्रधर बड़े संकट में पड़े। सिद्धान्तविवाह के विषय में स्त्रियों को पूरी रूप में वह- स्वाधीनता देने के पक्ष में थे, पर इस समय आगरे जाते उन्हें बड़ा संकोच हो रहा था।

यशोदानंदन ने कहा–मैं आपके मनोभावों को समझ रहा हूं। पर अहल्या उन चंचल लड़कियों में नहीं है, जिसके सामने जाते हुए आपको शरमाना पड़े। आप उसकी सरलता देखकर प्रसन्न होंगे। मैं तो उसी को लाकर दोचार दिन के लिए यहां ठहरा सकता हूं। पर - शायद आपके घर के लोग यह पसन्द न करेंगे।

चक्रधर ने सोचा। अगर मैंने और ज्यादा टालमटोल की, तो कहीं यह महाशय सचमुच ही अहल्या को यहां न पहुंचा देय़ बोलेजी नहीं-, मुनासिब नहीं मालूम होता। मैं ही चला चलूंगा।

घर में निर्मला तो खुशी से राजी हो गयी। हां, मुंशी वज्रधर को कुछ संकोच हुआ, लेकिन यह समझकर कि यह महाशय लड़के पर लट्टू हो रहे हैं, कोई अच्छी रकम दे मरेंगे, उन्होंने भी कोई आपत्ति न की। अब केवल ठाकुर हरसेवक सिंह को सूचना देनी थी।

जब चक्रधर पहुंचे तो ठाकुर साहब अपनी प्राणेश्वरी लौंगी से कुछ बातें कर रहे थे। मनोरमा की माता का देहान्त हो चुका था। लौंगी उस वक्त लौंडी थी।

उसने इतनी कुशलता से घर संभाला कि ठाकुर साहब उस पर रीझ गये और उसे गृहिणी के रिक्त स्थान पर अभिषिक्त कर दिया। लौंगी सरल हृदय, हंसमुख, सहनशील स्त्री थी, जिसने सारे घर को वशीभूत कर लिया था। यह उसी की सज्जनता थी, जो नौकरों को वेतन न मिलने पर भी जाने न देती थी।

मनोरमा पर तो वह प्राण देती थी। ईर्ष्या, कोध, मत्सर उसे छू भी न गया था। वह उदार न हो, पर कृपण न थी। ठाकुर साहब कभीउस पर भी बिगड़ जाते थे कभी-, मारने दौड़ते थे, दोएक बार मारा भी था-, पर उसके माथे पर जरा भी बल न आता था। ठाकुर साहब का सिर भी दुःखे, तो उसकी जान निकल जाती थी।

वह उसकी स्नेहमयी सेवा ही थी, जिसने ऐसे हिंसक जीव को जकड़ रखा था।

इस वक्त दोनों प्राणियों में कोई बहस हुई थी। ठाकुर साहब झल्लाझल्ला कर बोले रहे - थे, और लौंगी अपराधियों की भाँति सिर झुकाये खड़ी थी कि मनोरमा ने आकर कहा–बाबू जी आये हुए हैं, आप से कुछ कहना चाहते हैं।

ठाकुर साहब की भौंहे तन गयीं। बोलेकहना क्या चाहते होंगे-, रुपये मांगने आये होंगे। अच्छा, जाकर कह दो कि आते हैं, बैठिए।

लौंगी–इनके रूपए दे क्यों नहीं देते? बेचारे गरीब आदमी हैं, संकोच के मारे नहीं मांगते, कई महीने तो चढ़ गये।

यह कहकर लौंगी गयी और रुपये लाकर ठाकुर साहब से बोलीलो-, दे आओ। सुन लेना, शायद कुछ कहना भी चाहते हों।

ठाकुर साहब ने झुंझलाकर रुपये उठा लिए और बाहर चले। लेकिन रास्ते में क्रोध शान्त हो गया। चक्रधर के पास पहुँचे, तो विनय के देवता बने हुए थे।

चक्रधर–आप को कष्ट देने आया हूँ।

ठाकुर–नहींनहीं मुझे कोई कष्ट नहीं हुआ। यह लीजिए आपके रुपये।-

चक्रधर–मैं इस वक्त एक दूसरे ही काम से आया हूँ। मुझे एक काम से आगरा जाना है। शायद दोतीन लगेंगे। इसके लिए क्षमा चाहता हूं।-

ठाकुर–हां, हां, शौक से जाइए, मुझसे पूछने की जरूरत न थी।

ठाकुर साहब अन्दर चले गए, तो मनोरमा ने पूछाआप आगरे क्या करने जा रहे हैं।-

चक्रधर–एक जरूरत से जाता हूं।

मनोरमा–कोई बीमार है क्या?

चक्रधर–नहीं, बीमार कोई नहीं है।

मनोरमा–फिर क्या काम है, बताते क्यों नहीं? जब तक न बतलाइयेगा मैं जाने न दूंगी।

चक्रधर–लौटकर बता दूंगा। तुम किताब देखती रहना।

मनोरमा–जी नहीं, मैं यह नहीं मानती, अभी बतलाइए। आप अगर मुझसे बिना बताये चले जायेंगे, तो मैं कुछ न पढ़ूंगी।

चक्रधर–यह तो बड़ी टेढ़ी शर्त है। बतला ही दूं। अच्छा, हंसना मत। तुम जरा भी मुस्कुराई और मैं चला।

मनोरमा–मैं दोनों हाथों से मुंह बन्द किये लेती हूं।

चक्रधर ने झेंपते हुए कहा–मेरे विवाह की कुछ बातचीत है। मेरी तो इच्छा नहीं है, पर एक महाशय जबरदस्ती खींचे लिए जाते हैं।

यह कहकर चक्रधर उठ खड़े हुए। मनोरमा भी उनके साथसाथ आयी। जब वह - बरामदे से नीचे उतरे, तो प्रणाम किया और तुरन्त अपने कमरे में लौट आयी। उसकी आंखें डबडबायी हुई थीं और बारबार रुलाई आती थी-, मानों चक्रधर किसी दूर देश जा रहे हों!

अध्याय 3

संध्या समय जब रेलगाड़ी बनारस से चली, तो यशोदानन्दन ने चक्रधर से कहा–मैंने अहल्या के विषय में आप से झूठीं बातें कही हैं। वह वास्तव में मेरी लड़की नहीं है। उसके मातापिता का हमें कुछ पता नहीं।-

चक्रधर ने बड़ी-बड़ी आंखें करके कहा–तो फिर आपके यहां कैसे आयी? यशोदा–विचित्र कथा है। १५ वर्ष हुए, एक बार सूर्यग्रहण लगा था। हमारी एक सेवा-समिति थी। हम लोग उसी स्नान के अवसर पर यात्रियों की सेवा करने प्रयाग आये थे। वहीं हमें यह लड़की नाली में पड़ी रोती मिली। बहुत खोज की, पर उसके मां-बाप का पता न लगा। विवश होकर उसे साथ लेते गये। ४-५ वर्ष तक तो उसे अनाथालय में रखा, लेकिन जब कार्यकर्ताओं की फूट के कारण अनाथालय बन्द हो गया तो, अपने ही घर में उसका पालन-पोषण करने लगा। जन्म से न हो, पर संस्कारों से वह हमारी लड़की है। उसके कुलीन होने में भी संदेह नहीं। मैंने आप से सारा वृतान्त कह दिया। अब आप को अख्तियार है, उसे अपनायें या त्यागें। हां, इतना कह सकता हूं कि ऐसा रत्न आप फिर न पायेंगे। मैं यह जानता हूं कि आपके पिताजी को यह बात असह्य होगी, पर यह भी जानता हूं कि वीरात्माएं सत्कार्य में विरोध की परवाह नहीं करतीं और अन्त में उस पर विजय ही पाती हैं।

चक्रधर गहरे विचार में पड़ गये। एक तरफ अहल्या का अनुपम सौन्दर्य और उज्जवल चरित्र था, दूसरी ओर माता-पिता का विरोध और लोकनिन्दा का भय, मन में तर्क-संग्रह होने लगा। यशोदानन्दन ने उन्हें असमंजस में पड़े देखकर कहा–आप चिन्तित दीख पड़ते हैं और चिन्ता की बात भी है, लेकिन जब आप जैसे सुशिक्षित और उदार पुरुष विरोध और भय के कारण कर्तव्य और न्याय से मुंह मोड़ें तो फिर हमारा उद्धार हो चुका। आपके सामाजिक विचारों की स्वतंत्रता का परिचय पाकर ही मैंने आपके ऊपर इस बालिका के उद्धार का भार रखा है और यदि आप ने भी अपने कर्तव्य को न समझा, तो मैं नहीं कह सकता, उस अबला की क्या दशा होगी।

चक्रधर रूप-लावण्य की ओर से तो आंखें बन्द कर सकते थे, लेकिन उद्धार के भाव को दबाना उनके लिए असम्भव था। वह स्वतंत्रता के उपासक थे और निर्भीकता स्वतंत्रता की पहली सीढ़ी है। दृढ़ भाव से बोले-मेरी ओर से आप जरा शंका न करें। मैं इतना भीरू नहीं हूं कि ऐसे कामों में समाज-निन्दा से डरूं। माता-पिता को प्रसन्न रखना मेरा धर्म है,

लेकिन कर्तव्य और न्याय की हत्या करके नहीं। कर्तव्य के सामने माता-पिता की इच्छा का मूल्य नहीं है।

यशोदानन्दन ने चक्रधर को गले लगाते हुए कहा– भैया, तुमसे ऐसी ही आशा थी।

गाड़ी आगरे पहुंची, तो दिन निकल आया था। मुंशी यशोदानन्दन अभी कुलियों को पुकार ही रहे थे कि उनकी निगाह पुलिस के सिपाहियों पर पड़ी। चारों तरफ पहरा था। उन्होंने आश्चर्य से पूछा-क्यों साहब, आज यह सख्ती क्यों है?

थानेदार-आप लोगों ने जो कांटे बोये हैं, उन्हीं का फल है। शहर में फिसाद हो गया है।

इतने में समिति का एक सेवक दौड़ता हुआ आ पहुंचा। यशोदानन्दन ने आगे बढ़कर पूछा-क्यों राधामोहन, यह क्या मामला हो गया।

राधा-जिस दिन आप गये उसी दिन पंजाब से मौलवी दीनमुहम्मद साहब का आगमन हुआ। तभी से मुसलमानों को कुरबानी की धुन सवार है। इधर हिन्दुओं को भी यह जिद है कि चाहे खून की नदी बह जाय पर कुरबानी न होने पायेगी। दोनों तरफ से तैयारियां हो रही हैं, हम लोग तो समझाकर हार गए।

यशोदानन्दन ने पूछा-ख्वाजा महमूद कुछ न बोले।

राधा-उन्हीं के द्वार पर तो कुरबानी होने जा रही है।

यशोदा–ख्वाजा मुहमूद के द्वार पर कुरबानी होगी! इसके पहले या तो मेरी कुरबानी हो जायेगी, या ख्वाजा महमूद की। तांगे वाले को बुलाओ।

राधा-बहुत अच्छा हो कि आप इस समय यहीं ठहर जायें।

यशोदा–वाह-वाह! शहर में आग लगी हुई है और तुम कहते हो, मैं यहीं रह जाऊँ। जो औरों पर बीतेगी, वही मुझ पर बीतेगी, इससे क्या भागना। तुम लोगों ने बड़ी भूल की कि मुझे पहले से सूचना न दी।

तीनों आदमी तांगे पर बैठकर चले। सड़कों पर जवान चक्कर लगा रहे थे। मुसाफिरों की छड़ियां छीन ली जाती थीं। दो-चार आदमी भी साथ न खड़े होने पाते थे। दूकानें सब बन्द थी, कुंजड़े भी साग बेचते नजर न आते थे। हां, गलियों में लोग जमा हो-होकर बातें कर रहे थे।

कुछ दूर तक तीनों आदमी मौन धारण किये बैठे रहे। चक्रधर शंकित होकर इधर-उधर ताक रहे थे। लेकिन यशोदानन्दन के मुख पर ग्लानि का गहरा चिन्ह दिखाई दे रहा था।

जब तांगा ख्वाजा महमूद के मकान के समाने पहुंचा तो हजारों आदमियों का जमाव था। यद्यपि किसी के हाथ में लाठी या डण्डे न थे। पर उनके मुख जिहाद के जोश से तमतमाये हुए थे। यशोदानन्दन को देखते ही कई आदमी उनकी तरफ लपके लेकिन जब उन्होंने जोर से कहा–मैं तुमसे लड़ने नहीं आया हूं। कहां हैं ख्वाजा महमूद? मुमकिन हो तो जरा उन्हें बुला लो, तो लोग हट गये।

जरा देर में एक लम्बा-सा आदमी, गाढ़े की अचकन पहने, आकर खड़ा हो गया। यही ख्वाजा महमूद थे।

यशोदानन्दन ने त्योरियां बदलकर कहा–क्यों ख्वाजा साहब, आपको याद है, इस मुहल्ले में कभी कुरबानी हुई है?

महमूद–जी नहीं, जहां तक मेरा खयाल है, यहां कभी कुरबानी नहीं हुई।

यशोदा–तो फिर आज आप यहां कुरबानी करने की नयी रस्म क्यों निकाल रहे हैं?

महमूद–इसलिए कि कुरबानी करना हमारा हक है। अब तक हम आपके जजबात का लिहाज करते थे, अपने माने हुए हक को भूल गये थे, लेकिन जब आप लोग अपने हकों के सामने हमारे जजबात की परवा नहीं करते, तो कोई वजह नहीं कि हम अपने हकों के सामने आपके जजबात की परवा करें।

यशोदा–इसके यह माने है कि कल आप हमारे द्वारों पर हमारे मन्दिरों के सामने कुरबानी करें और हम चुपचाप देखा करें? आप यहां हरगिज कुरबानी नहीं कर सकते और करेंगे, तो इसकी जिम्मेदारी आपके सिर होगी।

यह कहकर यशोदानन्दन फिर तांगे पर बैठे। दस-पांच आदमियों ने तांगे को रोकना चाहा, पर कोचवान ने घोड़ा तेज कर दिया। जब तांगा यशोदा नन्दन के द्वार पर पहुंचा तो वहां हजारों आदमी खड़े थे। इन्हें देखते ही चारों तरफ हलचल मच गयी। लोगों ने चारों तरफ से उन्हें घेर लिया।

यशोदनन्दन तांगे से उतर पड़े और ललकार कर बोले-भाइयों, आप जानते हैं, इस मुहल्ले में आज तक कभी कुरबानी नहीं हुई। अगर हम यहां कुरबानी करने देंगे, तो कौन कह सकता है कि कल को हमारे मन्दिर के सामने गौ-हत्या न होगी!

कई आवाजें एक साथ-साथ आयीं-हम मर मिटेंगे, पर यहां कुरबानी न होने देंगे। आदमियों को यों उत्तेजित करके यशोदानन्दन आगे बढ़े और जनता 'महाबीर और 'श्री रामचन्द्र, की जय-ध्वनि से वायुमण्डल को कम्पायमान करती हुई उनके पीछे चली। उधर मुसलमानों ने भी डण्डे संभाले। करीब था कि दोनों में मुँठभेड़ हो जाय कि एकाएक चक्रधर आगे बढ़कर यशोदनन्दन के सामने खड़े हो गए और विनीत, किन्तु दृढ़ भाव से बोले-आप अगर उधर जाते हैं, तो मेरी छाती पर पांव रखकर जाइए। मेरे देखते यह अनर्थ न होने पायेगा।

यशोदानन्दन ने चिढ़कर कहा–हट जाओ। अगर एक क्षण भी देर हुई तो फिर पछताने के सिवा और कुछ हाथ न आयेगा।

चक्रधर–मित्रों, जरा विचार से काम लो।

कई आवाजें-विचार से काम लेना कायरों का काम है।

चक्रधर–तो फिर जाइए लेकिन उस गौ को बचाने के लिए आपको अपने एक भाई का खून करना पड़ेगा।

सहसा एक पत्थर किसी तरफ से आकर चक्रधर के सिर में लगा। खून की धारा बह निकली, लेकिन चक्रधर अपनी जगह से हिले नहीं। सिर थामकर बोले-अगर मेरे रक्त से आपकी क्रोधाग्नि शान्त होती हो, तो यह मेरे लिए सौभाग्य की बात है।

यशोदानन्दन गरजकर बोले-यह कौन पत्थर फेंक रहा है। अगर वह बड़ा बीर है, तो क्यों नहीं आगे आकर अपनी वीरता दिखाता? पीछे खड़ा पत्थर क्यों फेंकता है?

एक आवाज-धर्म-द्रोहियों को मारना अधर्म नहीं है।

यशोदानन्दन-जिसे तुम धर्म का द्रोही समझते हो, वह तुमसे कहीं सच्चा हिन्दू है।

एक आवाज-सच्चे हिन्दू वही तो होते हैं, जो मौके पर बगलें झांकने लगें और शहर छोड़कर दो-चार दिन के लिए खिसक जायें।

यशोदानन्दन-आप लोग सुन रहे हैं, मैं सच्चा हिन्दू नहीं हूं, मैं मौका पड़ने पर बगले झांकता हूं और जान बचाने के लिए शहर से भाग जाता हूँ। ऐसा आदमी आपका मन्त्री बनने के योग्य नहीं है। आप उस आदमी को अपना मन्त्री बनायें, जिसे आप सच्चा हिन्दू समझते हों।

यह कहते हुए मुंशी यशोदनन्दन घर की तरफ चले। कई आदमियों ने उन्हें रोकना चाहा, लेकिन उन्होंने एक न मानी। उनके जाते ही यहाँ आपस में तू-तू मैं-मैं,-होने लगी।

चक्रधर ने जब देखा कि इधर से अब कोई शंका नहीं है, तो वह लपक कर मुसलमानों के सामने आ पहुंचे और उच्च स्वर से बोले-हजरत, मैं अर्ज करने की इजाजत चाहता हूं।

एक आदमी-सुनो, सुनो यही तो अभी हिन्दुओं के सामने खड़ा था।

चक्रधर–अगर इस गाय की कुरबानी करना आप अपना मजहबी फर्ज समझते हों, तो शौक से कीजिए। लेकिन क्या वह लाजमी है कि इसी जगह कुरबानी की जाए? इस्लाम ने हमेशा दूसरों के जजबात का एहतराम किया है। अगर आप हिन्दू जजबात का लिहाज करके किसी दूसरी जगह कुरबानी करें, तो यकीनन इस्लाम के वकार में फर्क न आएगा।

एक मौलवी ने जोर देकर कहा–ऐसी मीठी-मीठी बातें हमने बहुत सुनी हैं। कुरबानी यहीं होगी।

ख्वाजा महमूद बड़े गौर से चक्रधर की बातें सुने रहे थे। मौलवी साहब की उद्दण्डता पर चिढ़कर बोले-क्या शरीयत का हुक्म है कि कुरबानी यहीं हो? किसी दूसरी जगह नहीं की जा सकती?

मौलवी साहब ने ख्वाजा महमूद की तरफ अविश्वास की दृष्टि से देखकर कहा–मजहब के मामले में उलमा के सिवा और किसी को दखल देने का मजाज नहीं है।

ख्वाजा-बुरा न मानिएगा, मौलवी साहब! अगर दस सिपाही आकर यहाँ खड़ा हो जायें, तो बगलें झांकने लगिएगा!

मौलवी-भाईयों, आप लोग ख्वाजा साहब की ज्यादती देख रहे हैं। आप ही फैसला कीजिए की दीनी मामलात में उलमा का फैसला वाजिब है, या उमरा का!

एक मोटे-ताजे दढ़ियल आदमी ने कहा–आप बिस्मिलाह कीजिए। उमरा को दीन से कोई सरोकार नहीं।

यह सुनते ही एक आदमी बड़ा-सा छुरा लेकर निकल पड़ा और कई आदमी गाय की सीगें पकड़ने लगे। गाय अब तक तो चुपचाप खड़ी थी। छुरा देखते ही वह छटपटाने लगी। चक्रधर यह दृश्य देखकर तिलिमिला उठे। उन्होंने तेजी से! लपककर गाय की गरदन पकड़ ली और बोले-आज आपको इस गौ के साथ एक इनसान की भी कुरबानी करनी पड़ेगी।

सभी आदमी चकित हो-होकर चक्रधर की ओर ताकने लगे। मौलवी ने क्रोध से उन्मत होकर कहा–कलाम-पाक की कसम, हट जाओ, वरना गजब हो जाएगा।

चक्रधर–हो जाने दीजिए। खुदा की यही मरजी है कि आज गाय के साथ मेरी कुरबानी हो।

ख्वाजा-कसम खुदा की, तुम जैसा दिलेर आदमी नहीं देखा। तुम कलमा क्यों नहीं पढ़ लेते?

चक्रधर–मैं एक खुदा का कायल हूं। वही सारे जहान का खालिक और मालिक है। फिर और किस पर ईमान लाऊं?

ख्वाजा-वल्लाह, तब तो तुम सच्चे मुसलमान हो। हमारे साथ खाने-पीने से परहेज तो नहीं करते?

चक्रधर–जरूर करता हूं, उसी तरह, जैसे किसी ब्राह्मण के साथ खाने से परहेज करता हूं, अगर वह पाक-साफ न हो।

ख्वाजा-काश, तुम जैसे समझदार तुम्हारे और भाई भी होते। मगर यहां तो लोग हमें मलिच्छ कहते हैं। यहां तक कि हमें कुत्तों से भी नजिस समझते हैं। वल्लाह, आपसे मिलकर दिल खुश हो गया। जब कुछ-कुछ उम्मीद हो रही है कि शायद दोनों कौमों में इत्तफाक हो जाय। अब आप जाइए। मैं आपको यकीन दिलाता हूं कि कुरबानी न होगी।

ख्वाजा महमूद ने चक्रधर को गले लगाकर रुखसत किया। इधर उसी वक्त गाय की पगहिया खोल दी गई। वह जान लेकर भागी। और लोग भी इस नौजवान की हिम्मत' और 'जवांमर्दी' की तारीफ करते हुए चले।

चक्रधर को आते देखकर यशोदानन्दन अपने कमरे से निकल आये और उन्हें छाती से लगाते हुए बोले-भैया, आज तुम्हारा धैर्य और साहस देखकर मैं दंग रह गया। तुम्हें देखकर मुझे अपने ऊपर लज्जा आ रही है। तुमने आज हमारी लाज रख ली।

उन्हें कमरे में बिठाकर यशोदानन्दन ने घर में जाकर अपनी स्त्री वागीश्वरी से कहा–आज मेरे दोस्त की दावत करनी होगी? भोजन खूब दिल लगाकर बनाना। अहल्या, आज तुम्हारी पाक-परीक्षा होगी।

अहल्या–वह कौन आदमी था दादा, जिसने मुसलमानों के हाथों गौ-रक्षा की?

यशोदा–वही तो मेरे दोस्त हैं, जिनकी दावत करने को कह रहा हूँ। यहां सैर करने आये हैं।

अहल्या–(वागीश्वरी से) अम्माँ, जरा उन्हें अन्दर बुला लेना, तो दर्शन करेंगे।

पड़ोस में एक डॉक्टर रहते थे। यशोदानन्दन ने उन्हें बुलाकर घाव पर पट्टी बंधवा दी। धीरे-धीरे सारा मुहल्ला जमा हो गया। कई श्रद्धालुजनों ने तो चक्रधर के चरण छुए।

भोजन के बाद ज्यों ही लोग चौके से उठे अहल्या ने कमरे की सफाई की। इन कामों से फुरसत पाकर वह एकान्त में बैठकर फूलों की एक माला गूंथने लगी। मन में सोचती थी, न-जाने कौन है, स्वभाव कितना सरल है? लजाने में तो औरतों से भी बढ़े हुए हैं। खाना खा चुके, पर सिर न उठाया। देखने में ब्राह्मण मालूम होते हैं। चेहरा देखकर तो कोई नहीं कह सकता कि यह इतने साहसी होंगे।

सहसा वागीश्वरी ने आकर कहा–बेटी, दोनों आदमी आ रहे हैं। साड़ी तो बदल लो।

अहल्या 'ऊँह', करके रह गई। हाँ, उसकी छाती में धड़कन होने लगी। एक क्षण में यशोदानन्दनजी चक्रधर को लिये हुए कमरे में आये। वागीश्वरी और अहल्या दोनों खड़ी हो गयीं। यशोदानन्दन ने चक्रधर को कालीन पर बैठा दिया और खुद बाहर चले गये। वागीश्वरी पंखा झलने लगी, लेकिन अहल्या मूर्ति की भांति खड़ी रही।

चक्रधर ने उड़ती हुई निगाहों से अहल्या को देखा। ऐसा मालूम हुआ मानो कोमल, स्निग्ध एवं सुगन्धमय प्रकाश की लहर-सी आँखों में समा गई।

वागीश्वरी ने मिठाई की तश्तरी सामने रखते हुए कहा–कुछ जल-पान कर लो भैया, तुमने कुछ खाना भी तो नहीं खाया। तुम-जैसे वीरों को सवा सेर से कम न खाना चाहिए। धन्य है वह माता, जिसने ऐसे बालक को जन्म दिया! अहल्या जरा गिलास में पानी तो ला। भैया, जब तुम मुसलमानों के सामने अकेले खड़े थे, तो यह ईश्वर से तुम्हारी कुशल मना रही थी। जाने कितनी मनौतिया कर डालीं। कहां है वह माला, जो तूने गूंथी थी? अब पहनाती क्यों नहीं?

अहल्या ने लजाते हुए कांपते हाथों से माला चक्रधर के गले में डाल दी, और आहिस्ता से बोली-क्या सिर में ज्यादा चोट आयी?

चक्रधर–नहीं तो, बाबूजी ने ख्वाहमख्वाह पट्टी बँधवा दी।

चक्रधर मिठाइयां खाने लगे। इतने में महरी ने आकर कहा–बड़ी बहूजी, मेरे लाला को रात सें खांसी आ रही है। कोई दवाई दे दो।

वागीश्वरी दवा देने चली गयी। अहल्या अकेली रह गयी, तो चक्रधर ने उसकी ओर देखकर कहा–आपको मेरे कारण बड़ा कष्ट हुआ। मैं तो इस उपहार के योग्य न था।

अहल्या–यह उपहार नहीं, भक्त की भेंट है।

वागीश्वरी ने आकर मुस्कुराते हुए कहा–भैया, तुमने तो आधी भी मिठाइयां नहीं खायी। क्या इसे देखकर भूख-प्यास बन्द हो गयी? यह मोहनी है, जरा इससे सचेत रहना।

अहल्या–अम्माँ तुम छोटे-बड़े किसी का लिहाज नहीं करती!

चक्रधर यहां कोई घण्टे-भर तक बैठे रहे। वागीश्वरी ने उनके घर का सारा वृतान्त पूछा- कै भाई हैं, कै बहिनें, पिताजी क्या करते हैं, बहनों का विवाह हुआ या नहीं? चक्रधर को उसके व्यवहार में इतना मातृ-स्नेह भरा मालूम होता था, मानों उससे पुराना परिचय है। चार बजते-बजते ख्वाजा महमूद के आने की खबर पाकर चक्रधर बाहर चले आये। और भी कितने ही आदमी मिलने आये थे। शाम तक उन लोगों से बातें होती रहीं। निश्चय हुआ कि एक पंचायत बनायी जाय और आपस के झगड़े उसी के द्वारा तय हुआ करें। चक्रधर को भी लोगो ने उस पंचायत का एक मेम्बर बनाया। रात को जब अहल्या और वागीश्वरी छत पर लेटीं, तो वागीश्वरी ने पूछा-अहल्या सो गयी क्या?

अहल्या–नहीं अम्माँ, जाग तो रही हूँ।

वागीश्वरी–हां, आज तुझे क्यों नींद आयेगी! इनसे ब्याह करेगी? तुम्हारे बाबूजी तुमसे मिलाने ही के लिए इन्हें काशी से लाये हैं। इनके पास और कुछ हो या न हो, हृदय अवश्य है। और ऐसा हृदय, जो बहुत कम लोगों के हिस्से में आता है। ऐसा स्वामी पाकर तुम्हारा जीवन सफल हो जायगा।

अहल्या ने डबडबायी हुई आंखों से वागीश्वरी को देखा, पर मुंह से कुछ न बोली। कृतज्ञता शब्दों में आकर शिष्टाचार का रूप धारण कर लेती है! उसका मौलिक रूप वही है, जो आंखों से बाहर निकलते हुए कांपता और लजाता है।

✠✠✠

अध्याय 4

मुंशी वज्रधर उन रेल के मुसाफिरो में थे, जो पहले तो गाड़ी में खड़े होने की जगह मांगते हैं, फिर बैठने की फिक्र करने लगते हैं और अन्त में सोने की तैयारी कर देते हैं। चक्रधर एक बड़ी रिसायत के दीवान की लड़की को पढ़ायें और वह इस स्वर्ग-संयोग से लाभ न उठायें! यह क्योंकर हो सकता था। दीवान साहब को सलाम करने आने-जाने लगे। बातें करने में तो निपुण थे ही, दो-ही चार मुलाकातों में उनका सिक्का जम गया। इस परिचय ने शीघ्र ही मित्रता का रूप धारण किया। एक दिन दीवान साहब के साथ वह रानी जगदीशपुर के दरबार में जा पहुँचे और ऐसी लच्छेदार बातें की, अपनी तहसीलदारी की ऐसी जीट उड़ायी कि रानीजी मुग्ध हो गयीं! सोचा-इस आदमी को रख लूं, तो इलाके की आमदनी बढ़ जाय। ठाकुर साहब से सलाह की। यहां तो पहले ही से सारी बातें सधी-बधी थीं। ठाकुर साहब ने रंग और भी चोखा कर दिया। दूसरी ही सलामी में मुंशीज़ी को २५रु. मालिक की तहसीलदारी मिल गयी। मुंह-मांगी मुराद पुरी हुई। सवारी के लिए घोड़ा भी मिल गया। सोने में सुहागा हो गया।

अब मुंशीजी की पांचों अंगुली घी में थीं! जहां महीने में एक बार भी महफिल न जमने पाती थी, वहाँ अब तीसों दिन जमघट होने लगा। इतने बड़े अहलकार के लिए शराब की क्या कमी। कभी इलाके पर चुपके से दस-बीस बोतलें खिंचला लेते, कभी शहर के किसी कलवार पर धौंस जमाकर दो-चार बोतल ऐंठ लेते। बिना हर्र-फिटकरी रंग खोचा हो जाता था। एक कहार भी नौकर रख लिया और ठाकुर साहब के घर से दो-चार कुर्सियाँ उठवा लाये। उनके हौसले बहुत ऊंचे न थे, केवल एक भले आदमी की भांति जीवन व्यतीत करना चाहते थे। इस नौकरी ने उनके हौसले को बहुत-कुछ पूरा कर दिया, लेकिन यह जानते थे कि इस नौकरी का कोई ठिकाना नहीं। रईसों का मिजाज एक-सा नहीं रहता। मान लिया रानी साहबा के साथ निभ ही गयी तो कै दिन। राजा साहब आते ही पुराने नौकारों को निकाल बाहर करेंगे। जब दीवान साहब ही न रहेंगे, तो मेरी क्या हस्ती! इसलिए उन्होंने पहले ही से नये राजा साहब के यहां आना-जाना शुरू कर दिया था। इनका नाम ठाकुर विशालसिंह था रानी साहबा के चचेरे-देवर होते थे। उनके दादा दो भाई थे। बड़े भाई रियासत के मालिक थे। उन्हीं के वंशजों ने दो पीढ़ियों तक राज्य का आनन्द भोगा था। अब रानी के निस्सन्तान होने के कारण विशालसिंह के भाग्य उदय हुए थे। दो-चार गाँव जो उनके दादा को गुजारे के दिए मिले थे, उन्हीं को रेहन-बय करके इन लोगों ने ५० वर्ष काट दिये थे-यहां तक कि

विशालसिंह के पास इतनी भी सम्पति न थी कि गुजर-बसर के लिए काफी होती। उस पर कुल मर्यादा का पालन करना आवश्यक था। महारानी के पट्टीदार थे और इस हैसियत का निर्वाह करने के लिए उन्हें नौकर-चाकर घोड़ा-गाड़ी सभी कुछ रखना पड़ता था। अभी तक परम्परा की नकल होती चली आती थी। दशहरे के दिन उत्सव जरूर मनाया जाता, जन्माष्टमी के दिन जरूर धूम-धाम होती।

प्रातःकाल था, माघ की ठंड पड़ रही थी। मुंशीजी ने गरम पानी से स्नान किया, कपड़े पहने बाहर घोड़ा तैयार था, उस पर बैठे और शिवपुर चले।

जब वह ठाकुर साहब के मकान पर पहुंचे तो ठाकुर साहब धूप में बैठे एक पत्र पढ़ रहे थे।

मुंशीजी ने मोढ़े पर बैठते हुए कहा–सब कुशल आनन्द है न?

ठाकुर–जी हां, ईश्वर की दया है। कहिए, दरबार के क्या समाचार हैं?

मुंशीजी ने मुस्कराकर कहा–सब वही पुरानी बातें है। डॉक्टकों के पौ बाहर हैं दिन में तीन-तीन डॉक्टर आते हैं। रोज जगदीशपुर से १६ कहार पालकी उठाने के लिए बेगार पकड़कर आते हैं। वैद्यजी को लाना और ले जाना उनका काम है।

ठाकुर–अन्धेर है और कुछ नहीं? यह महा अन्याय है, बेचारी प्रजा तबाह हुई जाती है। आप देखेंगे कि मैं इस प्रथा को क्योंकर जड़ से उठा देता हूं।

मुंशी–आप से लोगों को बड़ी-बड़ी आशाएँ हैं। चमारों पर भी यही आफत है दस-बाहर चमार रोज साईसी करने के लिए पकड़ बुलाये जाते हैं। सुना है, इलाके भर के चमारों ने पंचायत की है कि जो साईसी करे, उसका हुक्का-पानी बन्द कर दिया जाय। अब या तो चमारों को इलाका छोड़ना पड़ेगा या दीवान साहब को साईस नौकर रखने पड़ेंगे।

ठाकुर–चमारों को इलाके से निकालना दिल्लगी नहीं है! ये लोग समझते हैं कि अभी वही दुनिया है, जो बाबा आदम के जमाने में थी। इस देश से न जाने कब यह प्रथा मिटेगी। मैं रियासत की काया पलट कर दूंगा। सुनता हूं पुलिस आये-दिन इलाके में तूफान मचाती रहती है। मैं पुलिस को वहां कदम न रखने दूंगा।

मुंशी–सड़कें इतनी खराब हो गयी हैं कि एक्के-गाड़ी का गुजर ही नहीं हो सकता।

ठाकुर–सड़कों को दुरुस्त करना मेरा पहला काम होगा। मोटर-सर्विस जारी कर दूंगा। जिसमें मुसाफिरों को स्टेशन से जगदीशपुर जाने में सुविधा हो। इलाके में लाखों बीघे ऊख जाती है। मेरा इरादा है कि एक शक्कर की मिल खोल दूं। शेखी नहीं मारता, इलाके में एक बार रामराज्य स्थापित कर दूंगा। आप ने किसी महाजन को ठीक किया?

मुंशी–हां, कई आदमियों से मिला था और वे बड़ी खुशी से रुपये देने के लिए तैयार हैं, केवल यही चाहते हैं कि जमानत के तौर पर कोई गांव लिख दिया जाय।

ठाकुर–तो जाने दीजिए। अगर कोई मेरे विश्वास पर रुपये, दे, तो दे, लेकिन रिसायत की इंच-भर भी जमीन रेहन नहीं कर सकता। मुझे पहले ही मालूम था कि इस शर्त पर कोई महाराज रुपये देने पर राजी न होगा। ये बला के चघड़ होते हैं। मुझे तो इनके नाम से चिढ़ है। मेरा वश चले, तो आज इन सबों को तोप से उड़ा दूं। इन्हीं के हाथों आज मेरी यह दुर्गति है! इन नर-पिशाचों ने सारा रक्त चूस लिया। पिताजी ने केवल पांच हजार लिये थे, जिनके पचास हजार हो गये। और मेरे तीन गांव, जो इस वक्त दो लाख के सस्ते थे, नीलाम हो गये। पिताजी का मुझे यह अन्तिम उपदेश था कि कर्ज कभी मत लेना। इसी शोक में उन्होंने देह त्याग दी।

यहां अभी यह बातें हो ही रही थीं कि जनानाखाने में से कलह-शब्द आने लगे। मालूम होता था, कई स्त्रियों में संग्राम छिड़ा हुआ है। ठाकुर साहब ये कर्कश शब्द सुनते ही विकल हो गये, उनके माथे पर बल पड़ गये, मुख तेजहीन हो गया। यही उनके जीवन की सबसे दारुण व्यथा थी। यही कांटा था, जो नित्य उनके हृदय में खटका करता था। उनकी बड़ी स्त्री का नाम वसुमती था। वह अत्यन्त गर्वशीला थी नाक पर मक्खी भी न बैठने देती। वह अपनी सहपत्नियों पर उसी भांति शासन करना चाहती थी, जैसे कोई सास अपनी बहुओं पर कहती है।

दूसरी स्त्री का नाम रामप्रिया था। वह रानी जगदीशपुर की रानी की सगी बहन थीं। दया और विनय की मूर्ति, बड़ी विचारशील और वाक्य-मधुर, जितना कोमल अंग था, उतना ही कोमल हृदय भी था। घर में इस तरह रहती थीं मानों थी ही नहीं। उन्हें पुस्तकों से विशेष रुचि थी, हरदम कुछ-न-कुछ पढ़ा लिखी करती थीं। सबसे अलग-विलग रहती थी न किसी के लेने में, न किसी वैर, से न प्रेम।

तीसरी स्त्री का नाम रोहिणी था। ठाकुर साहब का उन पर विशेष प्रेम था, और वह भी प्राणपण से उनकी सेवा करती थीं। इनमें प्रेम की मात्रा अधिक थी, या माया की-इसका निर्णय करना कठिन था। उन्हें यह असह्य था कि ठाकुर साहब उनकी सौतों से बातचीत भी करें। वसुमती कर्कशा होने पर भी मलिन-हृदय न थी, जो कुछ मन में होता वही मुख में। रोहिणी द्वेष को पालती थी, जैसे चिड़िया अपने अण्डे को सेती है।

ठाकुर साहब ने अन्दर जाकर वसुमती से कहा–तुम घर में रहने दोगी या नहीं? जरा भी शरम-लिहाज नहीं, जब देखो संग्राम मचा रहता है। सुनते-सुनते कलेजे में नासूर पड़ गये।

वसुमती–कर्म तो तुमने किये हैं, भोगेगा कौन?

ठाकुर–तो जहर दे दो। जला-जलाकर मारने से क्या फायदा!

वसुमती–क्या वह महारानी लड़ने के लिए कम थीं कि तुम उनका पक्ष लेकर आ दौड़े?

रोहिणी–आप चाहती हैं कि मैं कान पकड़ कर ऊठाऊँ या बैठाऊँ तो यहां कुछ आप के गांव में नहीं बसी हूँ।

ठाकुर–आखिर कुछ मालूम भी तो हो, क्या बात हुई?

रोहिणी–वही हुई, जो रोज होती है। मैंने हिरिया से कहा, जरा मेरे सिर में तेल डाल दे। मालिकन ने उसे तेल डालते हुए देखा, तो आग हो गयी। तलवार खींचे हुए आ पहुंची और उसका हाथ पकड़कर खींच ले गयीं। आज आप निश्चय कर दीजिए की हिरिया उन्हीं की लौंड़ी है या मेरी भी।

वसुमति–वह क्या निश्चय करेंगे, निश्चय मैं करूँगी। हिरिया मेरे साथ मेरे नैहर से आयी है और मेरी लौंड़ी है। किसी दूसरे का उस पर कोई दावा नहीं है।

रोहिणी–सुना आप ने। हिरिया पर किसी का दावा नहीं है वह अकेली उन्हीं की लौंड़ी है।

ठाकुर–हिरिया इस घर में रहेगी, तो उसे सबका काम करना पड़ेगा।

वसुमती वह सुनकर जल उठी। नागिन की भाँति फुफकार कर बोली-इस वक्त तो आप ने चहेती रानी की ऐसी डिग्री कर दी, मानों यहां उन्हीं का राज्य है। ऐसे ही न्यायशील होते, सन्तान का मुंह देखने को न तरसते!

ठाकुर साहब को ये शब्द बाण-से लगे। कुछ जवाब न दिया। बाहर आकर कई मिनट तक मर्माहत दशा में बैठे रहे। वसुमती इतनी मुंहफट है यह उन्हें आज मालूम हुआ। ताना ही देना था, तो और कोई लगती हुई बात कह देती। यह तो कठोर-कठोर आघात है, जो वह कर सकती थी। ऐसी स्त्री का मुंह न देखना चाहिए।

सहसा उन्हें एक बात सूझी। मुंशीजी से बोले-यदि आप यहां के किसी विद्वान ज्योतिषी से परिचित हों, तो कृपा करके उन्हें मेरे यहा भेज दीजिएगा। मुझे एक विषय में उनसे कुछ पूछना है।

मुंशी–आज ही लीजिए, यहां एक-से–एक बढ़कर ज्योतिषी पड़े हुए हैं। आप मुझे कोई गैर न समझिए। जब जिस काम की इच्छा हो, मुझे कहला भेजिए। सिर के बल दौड़ा आऊँगा। मैं तो जैसे महारानी को समझता हूं वैसे ही आप को भी समझता हूं।

ठाकुर–मुझे आप से ऐसी ही आशा है। जरा रानी साहबा का कुशल समाचार जल्द-जल्द भेजिएगा। वहां आप के सिवा मेरा कोई नहीं है। आप के ऊपर मेरा भरोसा है। जरा देखिएगा, कोई चीज इधर-उधर न होने पाये, यार लोग नोच-खसोट न शुरू कर दें।

मुंशी–आप इससे निश्चिन्त रहें। मैं देख-भाल करता रहूंगा।

ठाकुर–हो सके, तो जरा यह भी पता लगाइएगा कि रानी ने कहा–कहा से कितने रुपए कर्ज लिए हैं।

मुंशी–समझ गया, यह तो सहज ही में मालूम हो सकता है।

ठाकुर–जरा इसका भी तो पता लगाइएगा कि आजकल उनका भोजन कौन बनाता है।

वज्रधर ने ठाकुर साहब के मन का भाव ताड़कर दृढ़ता से कहा–महाराज, क्षमा कीजिएगा, मैं आप का सेवक हूं, पर रानीजी का भी सेवक हूँ। उनका शत्रु नहीं हूँ। आप और वह दोनों सिंह और सिंहनी की भांति लड़ सकते हैं। मैं गीदड़ की भाँति अपने स्वार्थ के लिए बीच में कूदना अपमान जनक समझता हूं। मैं वहां तक तो सहर्ष आप की सेवा कर सकता हूं जहां तक रानीजी का अहित न हो। मैं तो दोनों ही द्वारों का भिक्षुक हूं।

ठाकुर साहब दिल में शरमाये, पर इसके साथ मुंशीजी पर उनका विश्वास और भी दृढ़ हो गया। बात बनाते हुए बोले-नहीं-नहीं मेरा मतलब आपने गलत समझा। छी! छी! मैं इतना नीच नहीं।

ठाकुर साहब ने बात तो बनायी, पर उन्हें स्वयं ज्ञात हो गया कि बात बनी नहीं अपनी झेंप मिटाने को वह समाचार-पत्र देखने लगे। इतने में हिरिया ने आकर मुंशीजी से कहा–बाबा, मालकिन ने कहा है कि आप जाने लगें, तो मुझसे मिल लीजियेगा।

ठाकुर साहब ने गरजकर कहा–ऐसी क्या बात है, जिसको कहने की इतनी जल्दी है। इन बेचारों को देर हो रही है। कुछ निठल्ले थोड़े ही हैं कि बैठे-बैठे औरतों का रोना सुना करें। जा, अन्दर बैठ!

यह कहकर ठाकुर साहब उठ खड़े हुए, मानो मुंशीजी को विदा कर रहे हैं। वह वसुमती को उनसे बातें करने का अवसर न देना चाहते थे। मुंशीजी को भी अब विवश होकर विदा मांगनी पड़ी।

मुंशीजी यहां से चले, तो उनके मन में यह शंका समायी हुई थी कि ठाकुर साहब कहीं मुझसे नाराज तो नहीं हो गये। हां, इतना सन्तोष था कि मैंने कोई बुरा काम नहीं किया। इस विचार से मुंशी जी और अकड़कर घोड़े पर बैठ गये। वह इतने खुश थे मानों हवा में उड़ रहे हैं। उनकी आत्मा कभी इतनी गौरवोन्मत्त न हुई थी। चिन्ताओं को कभी उन्होंने इतना तुच्छ न समझा था।

अध्याय 5

चक्रधर की कीर्ति उनसे पहले ही बनारस पहुंच चुकी थी। उनके मित्र और अन्य लोग उनसे मिलने के लिए उत्सुक हो रहे थे। जब वह पांचवे दिन घर पहुंचे तो लोग मिलने और बधाई देने आ पहुँचे। नगर का सभ्य-समाज मुक्तकंठ से उनकी तारीफ कर रहा था। यद्यपि गम्भीर आदमी थे, पर अपनी कीर्ति की प्रशंसा से उन्हें सच्चा आनन्द मिल रहा था। और लोग तो तारीफ कर रहे थे, मुंशी वज्रधर लड़के की नादानी पर बिगड़ रहे थे। निर्मला तो इतना बिगड़ी कि चक्रधर से बात न करना चाहती थी।

शाम को चक्रधर मनोरमा के घर गये। वह बगीचे में दौड़-दौड़कर हजारे से पौधों को सींच रही थी। पानी से कपड़े लथपथ हो गये थे। उन्हें देखते ही हजारा फेंककर दौड़ी और पास आकर बोली-आप कब आये, बाबू जी! मैं पत्रों में रोज वहां का समाचार देखती थी और सोचती की कि आप वहाँ आयेंगे, तो आपकी पूजा करूँगी। आप न होते तो वहां जरूर दंगा हो जाता। आप को बिगड़े हुए मुसलमानों के सामने अकेले जाते हुए जरा भी शंका न हुई?

चक्रधर ने कुर्सी पर बैठते हुए कहा–जरा भी नहीं! मुझे तो यही धुन थी कि इस वक्त कुरबानी न होने दूंगा, इसके सिवा दिल में और खयाल न था। मैं तो यही कहूंगा कि मुसलमानों को लोग नाहक बदनाम करते हैं। फिसाद से वे भी उतना ही डरते हैं, जितना हिन्दू? शान्ति की इच्छा भी उनमें हिन्दुओं से कम नहीं है?

मनोरमा–मैंने तो जब पढ़ा कि आप उन बौखलाये हुए आदमियों के सामने निःशंक भाव से खड़े थे, तो मेरे रोंगटे खड़े हो गए। मैं उस समय वहां होती, तो आपको पकड़कर खींच लाती। अच्छा, तो बतलाइए कि आपसे वधूजी ने क्या बातें कीं? (मुस्कराकर) मैं तो जानती हूं, आपने कोई बातचीत न की होगी, चुपचाप लजाये बैठे रहे होंगे?

चक्रधर शरम से सिर झुकाकर बोले-हां, मनोरमा हुआ तो ऐसा ही! मेरी समझ में ही न आता था कि बातें क्या करूँ? उसने दो-एक बार कुछ बोलने का साहस भी किया…

मनोरमा–आपको देखकर खुश तो बहुत हुई होंगी?

चक्रधर–(शरमाकर) किसी के मन का हाल मैं क्या जानू।

मनोरमा ने अत्यन्त सरल भाव से कहा–सब मालूम हो जाता है। आप मुझसे बता नहीं रहे हैं। कम-से-कम इच्छा तो मालूम हो गई होगी। मैं तो समझती हूं जो विवाह लड़की की इच्छा के विरुद्ध किया जाता है वह विवाह ही नहीं है। आपका क्या विचार है?

चक्रधर बड़े असमंजस में पड़े। मनोरमा से ऐसी बातें करते उन्हें संकोच होता था। डरते थे कि कहीं ठाकुर साहब को खबर मिल जाय-सरला मनोरमा ही कह दे-तो वह समझेंगे, मैं इसके सामाजिक विचारों में क्रान्ति पैदा करना चाहता हूं। अब तक उन्हें ज्ञान न था कि ठाकुर साहब किन विचारों के आदमी हैं। हां, उनके गंगा-स्नान से यह आभास होता था कि वह सनातन-धर्म के भक्त हैं। सिर झुकाकर बोले-मनोरमा, हमारे यहाँ विवाह का आधार प्रेम और इच्छा पर नहीं, धर्म और कर्तव्य पर रखा गया है। इच्छा चंचल है, क्षण-क्षण में बदलती रहती है। कर्तव्य स्थायी है, उसमें कभी पविर्तन नहीं होता।

सहसा घर के अन्दर से किसी के कर्कश शब्द कान में आये, फिर लौंगी का रोना सुनायी दिया। चक्रधर ने पूछा-यह तो लौगीं रो रही है?

मनोरमा–जी हां! आपसे तो भाई साहब की भेंट नहीं हुई? गुरुसेवक सिंह नाम है। कई महीनों से देहात में जमींदारी का काम करते हैं। हैं तो मेरे सगे भाई और पढ़े-लिखे भी खूब हैं, लेकिन भलमनसी छू भी नहीं गई। जब आते हैं, लौंगी अम्मा से झूठ-मूठ तकरार करते हैं। न जाने उससे इन्हें क्या अदावत है।

इतने में गुरुसेवकसिंह लाल-लाल आंखें किये निकल आये और मनोरमा से बोले-बाबूजी कहां गये हैं? तुझे मालूम है कब तक आयेंगे। मैं आज ही फैसला कर लेना चाहता हूं। चक्रधर को बैठे देखकर वह कुछ झिझके और अन्दर लौटना ही चाहते थे। कि लौंगी रोती हुई आकर चक्रधर के पास खड़ी हो गयी और बोली-बाबूजी, इन्हें समझाइए कि मैं अब बुढ़ापे में कहां जाऊं? इतनी उम्र तो इनमें कटी, अब किसके द्वार पर जाऊँ? मैंने इन्हें अपना दूध पिलाकर पाला है, मालकिन के दूध न होता था, और अब मुझे घर से निकालने पर तुले हुए हैं।

गुरु सेवकसिंह की इच्छा तो न थी कि चक्रधर से इस कलह के सम्बन्ध में कुछ कहें; लेकिन जब लौंगी ने उन्हें पंच बनाने से संकोच न किया तो वह खुल पड़े। बोले-महाशय इससे यह पूछिए कि अब यह बुढ़िया हुई, इसके मरने के दिन आये, क्यों नहीं किसी तीर्थस्थान में जाकर अपने कलुषित जीवन के बचे हुए दिन काटती? मरते दम तक घर की स्वामिनी बनी रहना चाहती है। दादाजी भी सठिया गये हैं, उन्हें मानापमान की जरा भी फिक्र नहीं। इसने उन पर न जाने क्या मोहिनी डाल दी है कि इनके पीछे मुझसे लड़ने पर तैयार रहते हैं। आज मैं निश्चय करके आया हूं कि इसे घर के बाहर निकाल कर ही छोड़ूँगा। या तो यह किसी दूसरे मकान में रहे, या किसी तीर्थ-स्थान को प्रस्थान करे।

लौंगी–तो बच्चा सुनो, जब तक मालिक जीता है, लौंगी इसी घर में रहेगी और इसी तरह रहेगी। जब वह न रहेगा, तो जो कुछ सिर पर पड़ेगी, झेल लूंगी। मैं लौंड़ी नहीं हूं कि घर से बाहर जाकर रहूं। तुम्हें यह कहते लज्जा नहीं आती? चार भांवरे फिर जाने से ही ब्याह नहीं हो जाता। मैंने अपने मालिक की जितनी सेवा की है और करने को तैयार हूं, उतनी कौन

ब्याहता करेगी? लाये तो हो बहू, कभी उठकर एक लुटिया पानी भी देती है? नाम से कोई ब्याहता नहीं होती, सेवा और प्रेम से होती है।

यह कहती हुई लौंगी घर में चली गयी। मनोरमा चुपचाप सिर झुकाये दोनों की बातें सुन रही थी। उसे लौंगी से सच्चा प्रेम था। मातृ-स्नेह का जो कुछ सुख उसे मिला था, लौंगी से ही मिला था। उसकी माता तो उसे गोद में छोड़कर परलोक सिधारी थीं। उस एहसान को वह कभी न भूल सकती थी। अब भी लौंगी उस पर प्राण देती थी। इसलिए गुरु सेवकसिंह की यह निर्दयता उसे बहुत बुरी मालूम होती थी।

एकाएक फिटन की आवाज आई और ठाकुर साहब उतरकर अन्दर गये। गुरु सेवकसिंह भी उनके पीछे-पीछे चले। वह डर रहे थे कि लौंगी अवसर पाकर कहीं उनके कान न भर दे।

जब वह चले गये, तो चक्रधर ने कहा–यह तो बताओ कि तुमने इन चार-पांच दिनों में क्या काम किया?

मनोरमा–मैंने तो किताब तक नहीं खोली। आप नहीं रहते, तो मेरा किसी काम में जी नहीं लगता। आप अब कभी बाहर न जाइएगा।

चक्रधर ने मनोरमा की ओर देखा, तो उसकी आंखें सजल हो गई थीं। सोचने लगे- बालिका का हृदय कितना सरल कितना उदार, कितना कोमल और कितना भावमय है।

✠✠✠

अध्याय 6

मुंशी वज्रधर विशालसिंह के पास से लौटे, तो उनकी तारीफों के पुल बांध दिये। यह तारीफ सुनकर चक्रधर को विशालसिंह से श्रद्धासी हो गई। उनसे मिलने गये और - समिति के संरक्षकों में उनका नाम दर्ज कर लिया। तब से कुंवर साहब समिति की सभाओं में नित्य सम्मिलित होते थे। अतएव अबकी जब उनके यहां कृष्णाष्टमी का उत्सव हुआ तब चक्रधर अपने सहवर्गियों के साथ उसमें शरीक हुए।

कुंवर साहब कृष्ण के परम भक्त थे। उनका जन्मोत्सव बड़ी धूमधाम से मनाते थे, उनकी स्त्रियों में भी इस विषय में मतभेद था। रोहिणी कृष्ण की उपासक थी, तो वसुमती रामनवमी का उत्सव मनाती थी, रही रामप्रिया, वह कोई व्रत न रखती थी।

सन्ध्या हो गयी थी। बाहर कंवल झाड़ आदि लगाये जा रहे थे। चक्रधर अपने मित्रों के साथ बनाव-सजाव में मसरूफ थे। संगीत समाज के लोग आ पहुंचे थे। गाना शुरू होने वाला ही था कि वसुमती और रोहिणी में तकरार हो गई। वसुमती को यह तैयारियां एक आंख न भाती थीं। उसके रामनवमी के उत्सव में सन्नाटा-सा रहता था। विशालसिंह उस उत्सव से उदासीन रहते थे। वसुमती इसे उनका पक्षपात समझती थी। वह दिल में जलभुन रही थी। रोहिणी सोलहो-श्रृंगार किये पकवान बना रही थी। उसका वह अनुराग देख-देखकर वसुमती के कलेजे पर सांप-सा लोट रहा था। वह इस रंग में भंग मिलाना चाहती थी। सोचते-सोचते उसे एक बहाना मिल गया। महरी को भेजा, जाकर रोहिणी से कह आ-घर के बरतन जल्दी खाली कर दे। दो थालिया, दो बटलोइया, कटोरे, कटोरियां मांग लो। उनका उत्सव रात भर होता, तो कोई कब तक बैठा भूखों मरे। महरी गयी, तो रोहिणी ने तन्नाकर कहा—आज इतनी भूख लग गयी। रोज तो आधी रात तक बैठी रहती थी, आज ८ बजे ही भूख सताने लगी। अगर ऐसी ही जल्दी है, तो कुम्हार के यहां से हांडियां मंगवा लें। पत्तल मैं दे दूंगी।

वसुमती ने यह सुना, तो आग हो गई। हांडियां चढ़ायें मेरे दुश्मनजिनकी छाती फटती - हो, मैं क्यों हांडी चढ़ाऊं? उत्सव मनाने की बड़ी साध है, तो नये बासन क्यों नहीं मंगवा लेती? अपने कृष्ण से कह दें, गाड़ीभर बरतन भेज दें। क्या जबरदस्ती- दूसरों को भूखों मारेंगी?

रोहिणी रसोई से बाहर निकलकर बोलीबहन-, जरा मुंह संभालकर बातें करो। देवताओं का अपमान करना अच्छा नहीं।

वसुमती–अपमान तो तुम करती हो, जो व्रत के दिन यों बनठिलाती फिरती ठनकर अ-रूप नहीं देखते-हो। देवता रंग, भक्ति देखते हैं।

रोहणी क्या आज-लड़ने ही पर उतारू होकर आई हो क्या? भगवान सब दुःख दें, पर बुरी संगत न दें। लो, यह गहने कपड़े आंखों में गड़ रहे हैं न। न पहनूंगी। जाकर बाहर कह दें, पकवानमुझे क्या प्रसाद किसी हलवाई से बनवा लें।-, मेरे मन का हाल भगवान आप जानते हैं, पड़ेगी उन पर जिनके कारण यह सब हो रहा है।

यह कहकर रोहिणी अपने कमरे में चली गयी। सारे गहनेकपड़े उतार फेंके और मुंह -इन -ढांप कर चारपाई पर पड़ी रही। ठाकुर साहब ने यह समाचार सुना तो माथा कूटकर बोले ज शुभोत्सव के दिन भी शान्त नहीं बैठा जाता। इस जिन्दगी से तो मौत चाण्डालिनों से आ ही अच्छी।घर में आकर रोहिणी से बोलेतुम मुंह ढांपकर सो रही हो-, या उठकर पकवान बनाती हो?

रोहिणी ने पड़ेफट पड़े वह सोना-पड़े उत्तर दिया-, जिससे टूटे कानऐसे उत्सव से बाज ! आयी, जिसे देखकर घरवालों की छाती फटे।

विशालसिंहबार कहा कि उनके मुंह न लगा करो। एक चुप-तुमसे तो बार- सौ वक्ताओं को हरा देता है। फिर तुमसे बड़ी भी तो ठहरी, यों भी तुमको उनका लिहाज करना ही चाहिए।

रोहिणी क्यों दबने लगी। यह उपदेश सुना तो झुंझलाकर बोलीरहने भी दो-, जले पर नमक छिड़कते हो। जब बड़ा देखदेखकर जले-, बातबात पर कोसे-, तो कोई कहां तक उसका लिहाज करे। तुम्हीं ने उन्हें सिर चढ़ा लिया है। कोई बात होती है, मुझी को उपदेश करने को दौड़ते हो, सीधा पा लिया है नउनसे बोलते हुए तो तुम्हारा भी कलेजा कांपता है। ! तुम न शह देते, तो मजाल थी कि यों मुझे आंखें दिखातीं।

विशालसिंहतो क्या मैं उन्हें सिखा देता हूं कि तुम्हें- गालियां दें?

कुंवर साहब ज्योंज्यों रोहिणी का क्रोध शान्त करने की चेष्टा करते थे-, वह और भी बिफरती जाती थी, यहां तक कि अन्त में वह भी नर्म पड़ गये।

वसुमती सायबान में बैठी हुई दोनों प्राणियों का बातें तन्मय होकर सुन रही थी, मानो कोई सेनापति अपने प्रतिपक्षी की गति का अध्ययन कर रहा हो कि कब यह चूके और कब मैं दबा बैठूं। अन्त में प्रतिद्वन्द्वी की एक भद्दी चाल ने उसे अपेक्षित अवसर देही दिया। विशालसिंह को मुँह लटकाए रोहिणी की कोठरी से निकलते देखकर बोलीक्या मेरी सूरत न -देखने की कसम खा ली है, या तुम्हारे हिसाब से मैं घर में हूं ही नहीं। बहुत दिन तो हो गये रूठे, क्या जन्म भर रूठे ही रहोगे? क्या बात है? इतने उदास क्यों हो?

विशालसिंह ने ठिठककर कहा–तुम्हारी ही लगायी हुई आग को तो शान्त कर रहा था, पर उलटे हाथ जल गये। क्या यह रोजरोज तूफान खड़ा किया करती हो-? में तो ऐसा तंग हो गया हूं कि जी चाहता है कि कहीं भाग जाऊं।

वसुमति – "कहाँ भागकर जाओगे?" कहकर वसुमति ने उनका हाथ पकड़ लिया और घसीटती हुई अपने कमरे में ले गई और चारपाई पर बैठाती हुई बोली – "औरतों को सिर चढ़ाने का यही फल है। जब देखो तो अपने भाग्य को रोया करती है और तुम दौड़ते हो मनाने। बस, उसका मिजाज और आसमान पर चढ़ जाता है। दो दिन, चार दिन, दस दिन रूठी पड़ी रहने दो। फिर देखो, भीगी बिल्ली हो जाती है या नहीं।"

विशाल सिंह – "यहाँ वह खटवास लेकर पड़ी, अब पकवान कौन पकायेगा?"

वसुमति – "तो क्या जहाँ मुर्गा ना हो, वहाँ सवेरा ही ना होगा? ऐसा कौन सा बड़ा काम है? मैं बना देती हूँ।"

विशाल सिंह ने पुलकित होकर कहा – "बस कुलवंती स्त्रियों का यही धर्म है।"

विजय के गर्व से फूली हुई वसुमति आधी रात तक बैठी भांतिपकवान भांति के-बनाती रही। राम प्रिया ने उसे बहुत व्यस्त देखा, तो वह भी आ गई और दोनों मिलकर काम करने लगीं।

विशाल सिंह बाहर गये और कुछ देर गाना सुनते रहे; पर वहाँ जी ना लगा। फिर भीतर चले आये और रसोई घर के द्वार पर मोड़ा डाल कर बैठ गये। भय था कि कहीं रोहिणी कुछ कह ना बैठे और दोनों फिर लड़ मरे।

वसुमति ने कहा – "अभी महारानी नहीं उठी क्या? इसे छिपकर बातें सुनने की बुरी लत है। मोहब्बत तो इसे छू नहीं गई। अभी तुम तीन दिन बाहर कराहते रहे, पर कसम ले लो, जो उसका मन जरा भी मैला हुआ हो। ऐसी औरतों पर कभी विश्वास ना करें।"

विशाल सिंह – "सब देखता हूँ, समझता हूँ। निरा गधा नहीं हूँ।"

वसुमति – "यही तो रोना है कि तुम देखकर भी नहीं देखते, समझ कर भी नहीं समझते। आदमी में सब एब हो, फिर मेहरबस ना हो।-"

विशाल सिंह – "मैं मेहरबस हूँ-? मैं उसे ऐसी ऐसी बातें कहता हूँ कि बहुत याद करती होगी।"

राम प्रिया – "कड़ी बात भी हँस कहीं जाये, तो मीठी हो जाती है।"

विशाल सिंह – "हँसकर नहीं कहता, डांटता हूँ, फटकारता हूँ।"

वसुमति – "डांटते होंगे, मगर प्रेम के साथ। ढलती उम्र में सभी मर्द तुम्हारे जैसे ही हो जाते हैं। कभीआदमी कड़े दम चाहिए। जैसे कभी तुम्हारी लंपटता पर मुझे हँसी आती है।-घोड़ा पैदल और सवार पहचानता है, उसी तरह औरतें भी भकुए और मर्द को पहचानती हैं।

जिसने सच्चे आसन जमाया और लगाम कड़ी रखी, उसी की जय है। जिसने रस्सी ढीली कर दी, उसकी कुशल नहीं।"

विशाल सिंह – "मैंने तो अपनी जान में कभी लगाम ढीली नहीं रखी। आज ही देखो कैसी फटकार लगाई।"

वसुमति – "क्या कहना है, जरा मूंछें खड़ी कर लो, लाओ पगिया मैं संवार दूं। यह नहीं कहते कि उसने ऐसीऐसी चोटें की कि भागते ही बने।-"

सहसा किसी के पैरों की आहट पाकर वसुमति ने द्वार की ओर देखा। रोहिणी रसोई के द्वार से दबे पांव चली आ रही थी। मुँह का रंग उड़ गया था, दांतो से होंठ दबाकर बोली – "छिपी खड़ी थी। मैंने साफ देखा। अब घर में रहना मुश्किल है। देखो क्या रंग लाती है।"

विशाल सिंह ने पीछे की ओर संशय नेत्रों से देखकर कहा – "बड़ा गजब हुआ। चुड़ैल सब सुन गई होगी। मुझे जरा भी आहट ना मिली।"

वसुमति – "उंह, रानी रूठेगी, अपना सोहाग लेंगी। कोई कहाँ तक डरें। आदमियों को बुलाओ, यह सब सामान यहाँ से ले जाये।"

भादों की अंधेरी रात थी। हाथ को हाथ में सूझता था। मालूम होता था, पृथ्वी पाताल में चली गई है या किसी विशाल जंतु ने उसे निकल लिया है। मोमबत्तियों का प्रकाश उस तिमिर सागर में पाव रखते कांपता था। विशाल भोग के पदार्थ थालियों में भरवाभरवा कर - बाहर रखवाने में लगे हुए थे। एकाएक रोहिणी एक चादर ओढ़े घर से निकली और बाहर की ओर चली। विशाल दहलीज के द्वार पर खड़े थे। इस भरी सभा में उसे यों निश्शंक भाव से देख कर उनका रक्त खौलने लगा। जरा भी ना पूछा निकलते, कहाँ जाती हो क्या बात है। मूर्ति की भांति खड़े रहे और सब लोग अपनेअपने काम में लगे हुए थे। रोहिणी पर किसी - की निगाह न पड़ी।

इतने में चक्रधर उनसे कुछ पूछने आये, तो देखा कि महरी उनके सामने खड़ी है और क्रोध से आँखें लाल किए कह रहे हैं – "अगर वह मेरी लौंडी नहीं है, तो मैं भी उसका गुलाम नहीं हूँ। जहाँ इच्छा हो जाये, अब इस घर में कदम रखने दूंगा।"

जब चक्रधर को रानियों के आपसी झगड़े और रोहिणी के घर से निकल जाने की बात मालूम हुई, तो उन्होंने लपक कर एक लालटेन उठा ली और बाहर निकलकर दाएंबाएं - निगाहे दौड़ाकर तेजी से कदम बढ़ाते हुए चले। कोई दो सौ कदम गए होंगे कि रोहिणी एक वृक्ष के नीचे खड़ी दिखाई दी। ऐसा मालूम होता था कि वह छिपने के लिए कोई जगह तलाश रही है। चक्रधर उसे देखते ही लपक कर समीप पहुँचे और उसे घर चलने के लिए समझाने लगे। पहले तो रोहिणी किसी तरह राजी ना हुई, लेकिन चक्रधर के बहुत समझाने बुझाने के बाद वह घर लौट पड़ी।

जब दोनों आदमी घर पहुँचे, तो विशाल सिंह अभी तक वहाँ मूर्तिवत खड़े थे, महरी भी खड़ी थी। भक्तजन अपनाअपना काम छोड़कर लालटेन की ओर ताक रहे थे। सन्नाटा - छाया हुआ था।

रोहिणी ने देहलीज में कदम रखा; मगर ठाकुर साहब ने उसकी ओर आँख उठाकर भी ना देखा। जब अंदर चली गई, तो उन्होंने चक्रधर का हाथ पकड़ लिया और बोले – "मैं तो समझता था, किसी तरह ना आयेगी। पर आप खींच ही लाये। क्या बहुत बिगड़ती थी।"

चक्रधर ने कहा – "आपको कुछ नहीं कहा। मुझे तो बहुत समझदार मालूम होती है। हाँ मिजाज नाजुक है, बात बर्दाश्त नहीं कर सकती।"

विशाल सिंह – "मैं यहाँ से टला तो नहीं, लेकिन सच पूछिए, तो ज्यादती मेरी ही थी। मेरा क्रोध बहुत बुरा है। अगर आप न पहुँच जाते, तो बड़ी मुश्किल पड़ती। जान पर खेल जाने वाली स्त्री है। आपका एहसान कभी ना भूलूंगा। देखिए तो, सामने कुछ रोशनी सी मालूम हो रही है। बैंड भी बज रहा है। क्या माजरा है?"

सैकड़ों आदमी कतार बांधे मशालों और लालटेनों के साथ चले आ रहे थे। आगे आगे दो घुड़सवार भी नजर आते थे। बैंड की मनोहर ध्वनि आ रही थी।

अध्याय 7

सभी लोग बड़े कुतूहल से आने वालों को देख रहे थे। कोई दस-बारह मिनट में वह विशाल सिंह के घर के सामने आ पहुँचे। आगे-आगे दो घोड़ों पर मुंशी वज्रधर और ठाकुर हरसेवक सिंह थे।। पीछे कोई पच्चीस-तीस आदमी साफ-सुथरे कपड़े पहने चले आते थे। मकान के सामने पहुँचते ही दोनों सवार घोड़ों से उतर पड़े और हाथ बांधे हुए कुंवर साहब के सामने आकर खड़े हो गये। मुंशी जी की सर-धज निराली थी। सिर पर एक शमला था, देह पर एक नीचा आबा। ठाकुर साहब भी हिंदुस्तानी लिबास में थे। मुंशीजी खुशी से मुस्कुराते थे, पर ठाकुर साहब का मुख मलिन था।

ठाकुर साहब बोले – "दीनबंधु, हम सब आपके सेवक आपकी सेवा में यह शुभ सूचना देने के लिए हाजिर हुए हैं कि महारानी ने राज्य से विरक्त होकर तीर्थ यात्रा को प्रस्थान किया है और अब हमें श्रीमान की छत्रछाया के नीचे आश्रय लेने का वह स्वर्ण अवसर प्राप्त हुआ है, जिसके लिए हम सदा ईश्वर से प्रार्थना करते रहते थे। यह पत्र है, जो महारानी ने श्रीमान के नाम लिख रखा था।"

कुंवर साहब ने एक ही निगाह में उससे आध्योपांत पढ़ लिया और उनके मुँह पर मंद हास्य की आभा झलकने लगी। पत्र जेब में रखते हुए बोले – "यद्यपि महारानी की तीर्थ यात्रा का समाचार जानकर मुझे अत्यंत खेद हो रहा है, लेकिन इस बात का सच्चा आनंद भी है कि उन्होंने निवृत्त मार्ग पर पग रखा। मेरी ईश्वर से यही विनय है कि उसने मेरी गर्दन पर जो कर्तव्य भार रखा है, उसे संभालने की मुझे शक्ति दे और प्रजा के प्रति मेरा जो धर्म है, उसके पालन करने की भी शक्ति प्रदान करें।"

इतने में कृष्ण के जन्म का मुहूर्त पहुँचा। सारी महफिल खड़ी हो गई और सभी उस्तादों ने एक स्वर में मंगलवार शुरू किया। साजों के मेले ने समा बांध दिया। केवल दो ही प्राणी ऐसे थे, जिन्हें इस समय भी चिंता घेरे हुए थे। एक को यह चिंता लगी हुई थी कि देखो, कल क्या मुसीबत आती है। दूसरे को यह फिक्र थी कि इस दुष्ट से क्यों कर पुरानी कसर निकाल लूं। चक्रधर अब तक तो लज्जा से मुँह छुपाए बाहर खड़े थे, मंगल गान समाप्त होते ही आकर प्रसाद बांटने लगे। किसी ने मोहनभोग का थाल उठाया, तो किसी ने फलों का। कोई पंचामृत बांटने लगा। हरबोंग सा मच गया।

कुंवर साहब ने मौका पाया, तो उठे और मुंशी वज्रधर को इशारे से बुला दालान में ले जाकर पूछने लगे – "दीवान साहब ने तो मौका पाकर हाथ साफ किए होंगे।"

वज्रधर – "मैंने तो ऐसी कोई बात नहीं देखी। बेचारे दिनभर सामान की जांच पड़ताल करते रहे। घर तक ना गये।"

विशाल सिंह – "यह सब तो आपके कहने से किया। आप ना होते, न जाने क्या गजब ढा दें। आपको पुरानी क्या मालूम नहीं। इसने मुझ पर बड़े-बड़े जुल्म किए हैं। इसी के कारण मुझे जगदीश को छोड़ना पड़ा। बस चला होता, तो इसने मुझे कतल करा दिया होता।"

वज्रधर – "गुस्ताखी माफ कीजिएगा। आपका बस चलता, तो क्या रानी जी की जान बच जाती, या दीवान साहब ज़िन्दा रहते? उन पिछली बातों को भूल जाइये। भगवान ने आज आप को ऊँचा रुतबा दिया है। अब आपको उदार होना चाहिए। मैंने ठाकुर साहब के मुँह से एक भी बात ऐसी नहीं सुनी, जिससे यह हो कि वह आपसे कोई अदावत रखते हैं।"

विशाल सिंह ने कुछ लज्जित होकर कहा – "मैंने निश्चय कर लिया था कि सबसे पहला वार इन्हीं पर करूंगा; लेकिन आपकी बातों ने मेरा विचार पलट दिया। आप भी उन्हें समझा दीजिएगा कि मेरी तरफ से कोई शंका न रखें।"

यह कहकर कुंवर साहब घर में गये। सबसे पहले रोहिणी के कमरे में कदम रखा। पति की निष्ठुरता ने आज उसकी मदांध आँखें खोल दी थी।

कुंवर साहब ने कमरे में कदम रखते ही कहा – "रोहिणी! ईश्वर ने आज हमारी अभिलाषा पूरी की।"

रोहिणी – "तब तो घर में रहना और भी मुश्किल हो जायेगा। जब कुछ न था, तभी मिज़ाज ना मिलता था। अब तो आकाश पर चढ़ जायेगा। काहे को कोई जीने पायेगा?"

विशाल सिंह ने दु:खित होकर कहा – "प्रिये! यह इन बातों का समय नहीं है। ईश्वर को धन्यवाद दो कि उसने हमारी विनती सुन ली।"

रोहिणी – "जब आप अपना कोई रहा ही नहीं, तो राजपाट लेकर क्या चाटूंगी?"

विशाल सिंह को क्रोध आया; लेकिन इस भय से कि बात बढ़ जायेगी, कुछ बोले नहीं। वहाँ से वसुमति के पास पहुँचे। वह मुँह लपेटे पड़ी हुई थी। जगा कर बोले – "क्या सोती हो, उठो खुशखबरी सुनायें।"

वसुमति – "पटरानी को सुना ही आये, मैं सुनकर क्या करूंगी? अब तक जो बात मन में थी, वह तुमने खोल दी, तो यहाँ बचा हुआ सत्तू खाने वाले पाहुने नहीं हैं।"

विशाल सिंह दु:खी होकर बोले – "वह बात नहीं है वसुमति! तुम जानबूझकर नादान बनती हो। मैं इधर ही आ रहा था, ईश्वर से कहता हूँ। उसका कमरा अंधेरा देख कर चला गया; देखो क्या बात है।"

वसुमति – "मुझसे बातें ना बनाओ, समझ गये। जो एक औरत को काबू में नहीं रख सकता, वह रियासत का भार क्या संभालेगा?"

यह कहकर वह उठी और झल्लाई हुई छत पर चली गई। विशाल सिंह कुछ देर उदास खड़े रहे, तब रामप्रिया के कमरे में प्रवेश किया। वह चिराग के सामने बैठी कुछ लिख रही थी। पति की आहट पाकर सिर उठाया, तो आँख में आँसू भरे हुए थे।

विशाल सिंह ने चौंक कर पूछा – "क्या बात है प्रिये? तुम क्यों रो रही हो? मैं तुम्हें एक खुशखबरी सुनाने आया हूँ।"

रामप्रिया ने आँसू पोंछते हुए कहा – "सुन चुकी हूँ, मगर आप उसे खुशखबरी कैसे कहते हैं? मेरी प्यारी बहन सदा के लिए संसार से चली गई, क्या यह खुशखबरी है? दुखिया ने संसार का कुछ सुख ना देखा। उसका तो जन्म ही व्यर्थ हुआ। रोते-रोते उम्र बीत गई।"

यह कहते-कहते रामप्रिया सिसक-सिसक कर रोने लगी। विशाल सिंह को उसका रोना बुरा मालूम हुआ। बाहर आकर महफिल में बैठ गए। मेंडूखां सितार बजा रहे थे। सारी महफिल तन्मय हो रही थी। जो लोग फिजूल का गाना ना सुन सके थे, वे भी इस वक्त सिर घुमाते और झूमते नज़र आ रहे थे। किंतु इस आनंद और सुधा के अनंत प्रवाह में एक प्राणी हृदय की ताप से विकल हो रहा था, वह राजा विशाल सिंह थे। सारी बारात हँसती थी, दूल्हा रो रहा था।

✠✠✠

अध्याय 8

दूसरी वर्षा भी आधी से ज्यादा बीत गई; लेकिन चक्रधर ने मातापिता से अहिल्या - का वृतांत गुप्त रखा। जब मुंशी जी पूछे– 'वहां क्या बात कर आये? आखिर यशोदा नंदन को ब्याह करना है या नहीं? ना करना हो तो साफतो साफ कह दे। करना हो- उसकी तैयारी करें' तो चक्रधर कुछ इधरउधर की बातें करके टाल ज-ते।

उधर यशोदा नंदन बार-बार लिखते – 'तुमने मुंशी जी से सलाह की या नहीं? अगर तुम्हें उनसे कहते शर्म आती हो, तो मैं ही आकर कहूं। आखिर इस तरह कब तक समय टालोगे? अहिल्या तुम्हारे सिवाय और किसी से विवाह ना करेगी।'

चक्रधर इन पत्रों के जवाब में भी यही लिखते कि मैं खुद फिक्र में हूँ। ज्यों ही मौका मिला, जिक्र करूंगा। मुझे विश्वास है कि पिताजी राजी हो जायेंगे।

जन्माष्टमी के उत्सव के बाद मुंशीजी घर आये, तो उनके हौसले बढ़े हुए थे। राजा साहब के साथ ही साथ उनके सौभाग्य का सूर्य उदय होता हुआ ही मालूम होता था। अब अपने ही शहर के किसी रईस के घर चक्रधर की शादी कर सकते थे। लेकिन मुंशी यशोदा नंदन को वचन दे चुके थे, इसलिए उनसे एक बार पूछ लेना उचित था। अगर उनकी तरफ से ज़रा भी विलंब हो, तो साफ कह देना चाहते थे कि मुझे आपके यहाँ विवाह करना मंजूर नहीं।

यों दिल में निश्चय करके एक दिन भोजन करते समय उन्होंने चक्रधर से कहा – 'मुंशी यशोदा नंदन भी कुछ उलजूलूल आदमी है। अभी तक कानों में तेल डाले हुए बैठे हैं।'

चक्रधर – 'उनकी तरफ से तो देर नहीं है। वह तो मेरे खत का इंतज़ार कर रहे हैं।'

वज्रधर – 'मैं तो तैयार हूँ। लेकिन अगर उन्हें कुछ पशोपेश हो, तो मैं उन्हें मजबूर नहीं करना चाहता। यहाँ एक से एक आदमी मुँह खोले हुए हैं। आज उन्हें लिख दो कि या तो इसी जाड़े में शादी कर दें या कहीं और बातचीत करें।'

चक्रधर ने देखा कि अवसर आ गया है। आज बात ही कर लेना चाहिए। बोले – 'पशोपेश जो कुछ होगा, आप ही की तरफ से होगा। बात यह है कि वह कन्या मुंशी यशोदा नंदन की पुत्री नहीं है।'

वज्रधर – 'पुत्री नहीं है। वह तो लड़की बताते थे। खैर पुत्री न होगी, भतीजी होगी, भांजी होगी, नातिन होगी, बहन होगी। मुझे आम खाने से मतलब है या पेड़ गिनने से?'

चक्रधर – 'वह लड़की उन्हें किसी मेले में मिली थी। तब उसकी उम्र तीन-चार बरस की थी। उन्हें उस पर दया आ गई। घर लाकर पाला, पढ़ाया लिखाया।'

वज्रधर (स्त्री से) – 'कितना दगाबाज आदमी है! क्या अभी तक लड़की के माँ-बाप का पता नहीं चला?'

चक्रधर – 'जी नहीं! मुंशी जी ने उनका पता लगाने की बड़ी चेष्टा की, पर कोई फल न निकला।'

वज्रधर – 'अच्छा तो यह किस्सा है। बड़ा झूठा आदमी है, बना हुआ मक्कार।'

निर्मला – 'तुम साफ-साफ लिख दो, मुझे नहीं करना है। बस!'

वज्रधर – 'मैं तुमसे तो सलाह नहीं पूछता हूँ। मैं खुद जानता हूँ, ऐसे धोखेबाजों के साथ कैसे पेश आना चाहिए।'

खाना खाकर दोनों आदमी उठे, तो मुंशी जी ने कहा – 'कलम दवात लाओ। मैं इसी वक्त यशोदा नंदन को खत लिख दूं। बिरादरी का वास्ता ना होता, तो हर्जाने का दावा कर देता।'

चक्रधर आरक्त और संकोच रूद्ध कंठ से बोले – 'मैं तो वचन दे आया था।'

वज्रधर – 'तो यह क्यों नहीं कहते कि तुमने सब कुछ आप ही आप तय कर लिया है। तुमने लड़की सुंदर देखी, रीझ गये। मगर याद रखो, स्त्री में सुंदरता ही सबसे बड़ा गुण नहीं है। मैं तुम्हें हरगिज़ यह शादी न करने दूंगा।'

चक्रधर – 'मेरा ख़याल है कि स्त्री हो या पुरुष, गुण और स्वभाव ही उसमें मुख्य वस्तु है। इसके सिवा और सभी बातें गौण हैं।'

वज्रधर – 'तुम्हारे सिर नई रोशनी का भूत तो नहीं सवार हुआ था। एकाएक यह क्या कायापलट हो गई?'

चक्रधर – 'मेरी सबसे बड़ी अभिलाषा तो यही है कि आप लोगों की सेवा करता जाऊं। आपकी मर्जी के खिलाफ कोई काम ना करूं। लेकिन सिद्धांत के विषय में मजबूर हूँ।'

वज्रधर – 'सेवा करना तो नहीं चाहते, मुँह में कालिख लगाना चाहते हो। मगर याद रखो, तुमने यह विवाह किया तो अच्छा न होगा। ईश्वर वह दिन न लाए कि मैं अपने कुल में कलंक लगते देखूं।'

चक्रधर – 'तो मेरा भी यही निश्चय है कि मैं और कहीं विवाह न करूंगा।'

यह कहते हुए चक्रधर बाहर चले आए और बाबू यशोदा नंदन को एक पत्र लिखकर सारा किस्सा बयान किया। उसके अंतिम शब्द यह थे – 'पिताजी राजी नहीं होते और यद्यपि मैं सिद्धांत के विषय में उनसे दबना नहीं चाहता, लेकिन उनसे अलग रहने और बुढ़ापे में उन्हें इतना बड़ा सदमा पहुँचाने की मैं कल्पना भी नहीं कर सकता। मैं बहुत लज्जित होकर

आपसे क्षमा चाहता हूँ। अगर ईश्वर की यही इच्छा है, तो मैं जीवन पर्यंत अविवाहित ही रहूंगा। लेकिन यह असंभव है कि कहीं और विवाह कर लूं।'

इसके बाद उन्होंने दूसरा अहिल्या के नाम लिखा। उसके अंतिम शब्द ये थे – 'मैं अपने माता-पिता का वैसा ही भक्त हूँ, जैसा कोई और बेटा हो सकता है। किंतु यदि इस भक्ति और आत्मा की स्वाधीनता में विरोध आ पड़े, तो मुझे आत्मा की रक्षा में जरा भी संकोच ना होगा। अगर मुझे भय न होता कि माताजी अवज्ञा से रो-रोकर प्राण दे देंगे और पिताजी देश विदेश मारे मारे फिरेंगे, तो मैं ऐसा है यह अहस्य यातना न सहता। लेकिन मैं सब कुछ तुम्हारे ही फैसले पर छोड़ता हूँ। केवल इतनी ही आशा करता हूँ कि मुझ पर दया करो।'

अध्याय 9

मुद्दत के बाद जगदीशपुर के भाग जगे, कार्तिक लगते ही एक ओर राजभवन की मरम्मत होने लगी और दूसरी ओर गद्दी के उत्सव की तैयारियाँ शुरू हुई। राजा साहब ताकीद करते रहे थे कि प्रजा पर ज़रा भी सख्ती ना होने पाए। दीवान साहब से उन्होंने ज़ोर देकर कह दिया था कि बिना पूरी मजदूरी दिए किसी से काम ना लीजिए; लेकिन यह उनकी शक्ति से बाहर था कि आठों पहर बैठे रहें। उनके पास अगर कोई शिकायत पहुँचती, तो कदाचित वह राज्य कर्मचारियों को फाड़ खाते, लेकिन प्रजा सहनशील होती है, जब तक प्याला भर ना जाये, वह जुबान नहीं खोलती। फिर गद्दी के उत्सव में थोड़ा बहुत कष्ट होना स्वभाविक समझकर और कोई भी ना बोलता था।

तीन महीने तक सारी रियासत के बढ़ई, मिस्त्री, दर्जी, चमार, कहार सब दिल तोड़ कर काम करते रहे। चक्रधर को रोज खबरें मिलती रहती थी कि प्रजा पर बड़ेबड़े अत्याचार हो - रहे हैं; लेकिन वे राजा साहब से शिकायत करके उन्हें असमंजस में ना डालना चाहते थे। अक्सर खुद जाकर मजदूरों और कारीगरों को समझाते थे। इस तरह तीन महीने गुजर गये। राजभवन का कलेवर नया हो गया। सारे कस्बे में रोशनी की फाटक बन गए, तिलकोत्सव का विशाल पंडाल तैयार हो गया।

लेकिन अब तक बहुत कुछ काम बेगार से चल रहा था। मजदूरों को भोजन मात्र मिल जाता था। अब नगद रुपये की ज़रूरत सामने आ रही थी। राजाओं का आदर सत्कार और अंग्रेज हुक्काम की दावत तावजा तो बेकार में न हो सकती थी। खर्च का तखमीना पाँच लाख से ऊपर था। खजाने में झंझी कौड़ी न थी। असामियों से छमाही लगान पहले ही वसूल किया जा चुका था। मुहूर्त आता जाता था और कुछ निश्चय ना होता था। यहाँ तक कि केवल पंद्रह दिन और रह गये।

संध्या का समय था। राजा साहब उस्ताद मेंडूखां के साथ बैठे सितार का अभ्यास कर रहे थे कि दीवान साहब और मुंशीजी आकर खड़े हो गये।

विशाल सिंह ने पूछा – 'कोई ज़रूरी काम है?'

ठाकुर – 'हुजूर उत्सव को आप केवल एक सप्ताह रह गया है और अभी तक रुपए की कोई सबील नहीं हो सकी। अगर आज्ञा हो, तो किसी बैंक से पाँच लाख कर ले लिया जाये।'

राजा – 'हरगिज़ नहीं।'

दीवान – 'तो असामियों पर हाल पीछे दस रुपये चंदा लगा दिया जाये।'

राजा – 'मैं अपनी तिलकोत्सव के लिए असामियों के ऊपर जुल्म न करूंगा। इससे तो कहीं अच्छा है कि उत्सव ही ना हो।'

दीवान – 'महाराज रियासतों में प्रथा है। सब असामी खुशी से देंगे। किसी को आपत्ति ना होगी।'

मुंशी – 'गाते बजाते आयेंगे और दे जायेंगे।'

राजा – 'अगर आप लोगों का विचार है कि किसी को कष्ट ना होगा और लोग खुशी से मदद देंगे, तो आप अपनी जिम्मेदारी पर वह काम कर सकते हैं। मेरे कानों तक शिकायत ना आये।'

दीवान – 'हुजूरबहुत हर हाल में होती ही है। इससे बचना -शिकायत तो थोड़ी ! जिएअसंभव है। राजा और प्रजा का संबंध ही ऐसा है। प्रजा हित के लिए कोई भी काम की, तो उसमें भी लोगों को शंका होती है। हल पीछे दस रुपये बैठा देने से कोई पाँच लाख रुपये हाथ आ जायेंगे। रही रसद, वह तो बेगार में मिलती है। आपकी अनुमति की देर है।'

मुंशी – 'जब सरकार ने कह दिया कि आप अपनी जिम्मेदारी पर वसूल कर सकते हैं, तो अनुमति का क्या प्रश्न? चलिए अब हुजूर को तकलीफ न दीजिये।'

राजा – 'बस इतना ख़याल रखिए कि किसी को कष्ट ना होने पाये। आपको ऐसी व्यवस्था करनी चाहिए कि आसामी लोग सहर्ष आकर शरीक़ हों।'

हुक्म मिलने की देर थी। कर्मचारियों के हाथ तो खुजला रहे थे। वसूली का हुक्म पाते ही बाग-बाग हो गये। फिर तो वह अंधेर मचा कि सारे इलाके में कोहराम पड़ गया। चारों तरफ लूट खसोट हो रही थी। गालियाँ और ठोक-पीट तो साधारण बात थी। किसी के बैल खोल लिए जाते थे, किसी की गाय छीन ली जाती थी, कितनों ही के खेत कटवा लिए गये। बेदखली और इजाफे की धमकियाँ दी जाती थी। जिसने खुशी से दिये, उसका तो दस रुपये ही में गला छूटा। जिसने हील-हवाले किए, कानून बघारा, उसे दस रूपये के बदले बीस रुपये, तीस रुपये, चालीस रूपये देने पड़े। आखिर विवश होकर एक दिन चक्रधर ने राजा साहब से शिकायत कर ही दी।

राजा साहब में त्योरी बदलकर कहा – 'मेरे पास तो आज तक कोई असामी शिकायत करने नहीं आया। आप उनकी तरफ से क्यों वकालत कर रहे हैं?'

चक्रधर – 'उन्हें आपसे शिकायत करने को क्यों कर साहस हो सकता है?'

राजा – 'यह मैं नहीं मानता। जिसको किसी बात की अखर होती है। वह चुप नहीं बैठा रहता।'

चक्रधर – 'तो आपसे कोई आशा ना रखूं?'

राजा – 'मैं अपने कर्मचारियों से अलग कुछ नहीं हूँ।'

चक्रधर ने इसका और कुछ जवाब नहीं दिया।

मुंशी राजभवन में इन्हें देख कर बोले – तुम यहाँ क्या करने आए थे? अपने लिए कुछ नहीं कहा?'

चक्रधर – 'अपने लिए क्या कहता? सुनता हूँ, रियासत में बड़ा अंधेर मचा हुआ है।'

वज्रधर – 'यह सब तुम्हारे आदमियों की शरारत है। तुम्हारी समिति के आदमी जा-जाकर असामियों को भड़काते रहते हैं।'

चक्रधर – 'हम लोग तो इतना ही चाहते हैं कि असामियों के ऊपर सख्ती ना की जाए और आप लोगों ने इसका वादा भी किया था। फिर यह मारधाड़ क्यों हो रही है?'

वज्रधर – 'इसलिए कि असामियों ने कह दिया था कि राजा साहब किसी पर जब्र नहीं करना चाहते थे। जिसकी खुशी हो दें, जिसकी खुशी न हो ना दें। तुम अपने आदमियों को बुला लो, फिर देखो कितनी आसानी से काम हो जाता है। तुम आज अपने आदमियों को बुला लो। रियासत के सिपाही उनसे बेहतर बिगड़े हुए हैं। ऐसा ना हो कि मारपीट हो जाये।'

चक्रधर यहाँ से अपने आदमियों को बुला लेने का वादा करके तो चले गये, लेकिन दिल में आगा पीछा हो रहा था। कुछ समझ में आता था कि क्या करना चाहिए। इसी सोच में पड़े हुए मनोरमा के यहाँ चले गये।

मनोरमा उन्हें उदास देखकर बोली – 'आप बहुत चिंतित से मालूम होते हैं, घर में तो सब कुशल है?'

चक्रधर – 'क्या करूं मनोरमा, अपनी दशा देखकर कभीकभी रोना आ जाता है। -सारा देश गुलामी की बेड़ियों में जकड़ा हुआ है। फिर भी हम अपने भाइयों के गर्दन पर छुरी कैसी आशायें थीं-लोगों को कैसी फेरने से बाज नहीं आते। राजा साहब की जात से, लेकिन अभी गद्दी पर बैठे छः महीने भी नहीं हुए हैं और इन्होंने भी वही पुराना राग अख्तियार कर लिया। प्रजा से डंडे के जोर से रुपये वसूल किए जा रहे हैं और कोई फरियाद नहीं सुनता। सबसे ज्यादा रोना तो इस बात का है कि दीवान साहब और मेरे पिताजी ही राजा साहब के मंत्री और इस अत्याचार के मुख्य कारण हैं।

सरल हृदय प्राणी अन्याय की बात सुनकर उत्तेजित हो जाते हैं। मनोरमा ने उद्दंड होकर कहा – 'आप असामियों से क्यों नहीं कहते कि किसी को एक कौड़ी भी ना दें, कोई देगा ही नहीं, तो यह लोग कैसे ले लेंगे।'

चकधर को हँसी आ गई। बोले – 'तुम मेरी जगह होती, तो असामियों को मना कर देती?'

मनोरमा – 'अवश्यखुल्ला कहती-मैं खुल्लम !, खबरदारराजा के आदमियों को ! कोई एक पैसा भी ना दें। मैं राजा के आदमी को इतना चिटवाती कि फिर इलाके में जाने का नाम है ना लेते।'

चक्रधर ये बातें सुनकर पुलकित हो उठे। मुस्कुरा कर बोले – 'अगर दीवान साहब खफा हो जाते?'

मनोरमा – 'तो खफा हो जाते। किसी के खफा हो जाने के डर से सच्ची बात पर पर्दा थोड़ी ही डाला जाता है।'

इस विषय पर फिर कुछ बातचीत ना हुई, लेकिन चक्रधर यहाँ से पढ़ाकर चले, तो उनके मन में प्रश्न हो रहा था – 'क्या अब यहाँ मेरा आना उचित है। आज उन्होंने विवेक के प्रकाश में अपने अंतस्थल को देखा:, तो उसमें कितने ही ऐसे भाव छिपे हुए थे, जिन्हें यहाँ ना रहना चाहिए था।'

अध्याय 10

गद्दी के कई दिन पहले ही से मेहमानों का आना शुरू हो गया और तीन दिन बाकी ही थे कि सारा कैंप भर गया। दीवान साहब ने कैंप में ही बाजार लगवा दिया था, वही रसद पानी का भी इंतज़ाम था। राजा साहब स्वयं मेहमानों की खातिरदारी करते रहते थे; किंतु जमघट बहुत बड़ा था। आठों पहर हरबोंग सा मचा रहता था।

मेहमानों के आदर सत्कार की तो धूम थी और वह मजदूर, जो छाती फाड़फाड़ कर - काम कर रहे थे, भूखों मरते थे। काम लेने को सब थे, मगर भोजन को पूछने वाला कोई ना था। चमार पहर रात से घास छीलने जाते, मेहतर पहर रात से सफाई करने लगते, कहार पहर रात से पानी खींचना शुरू करते, मगर कोई उनका पुरसाहाल न था। चपरासी बातबात पर - उन्हें गालियाँ सुनाते, क्योंकि उन्हें दूसरे पर अपना गुस्सा उतारने का मौका मिल जाता। बेगारों से न सहा जाता था इसलिए कि उनकी आतें जलती थी। दिन भर धूप में जलते, रात भर क्षुधा की आग में। असंतोष बढ़ता जाता था। ना जाने कब सब के सब जान पर खेल जायें, हड़ताल कर दें।

संध्या का समय था। तिलक का मुहूर्त निकट आ गया था। हवन की तैयारी हो रही थी। सिपाहियों को वर्दी पहनकर खड़े हो जाने की आज्ञा दे दी गई थी कि सहसा मजदूरों के बाड़े से रोने चिल्लाने की आवाजें आने लगी। किसी कैंप में घास न थी और ठाकुर हर सेवक हंटर लिए चमारों को पीट रहे थे। मुंशी वज्रधर की आँखें मारे क्रोध के लाल हो रही थीं।

चौधरी ने हाथ बांधकर कहा – "हुज़ूर घास तो रात ही को पहुँचा दी गई थी। हाँ, इस बेला अभी नहीं पहुँची। आधे आदमी तो मांदे पड़े हुए हैं।"

मुंशी – "बदमाशझूठ बोलता है !, अभी पोलो खेल होगा, घोड़े बिना खाये कैसे दौड़ेंगे?"

एक युवक ने कहा – हम लोग तो बिना खाये आठ दिन से घास ढो रहे हैं, घोड़े क्या बिना खाये एक दिन भी न दौड़ेंगे?"

चौधरी डंडा लेकर युवक को मारने दौड़ा, पर उसके पहले ही ठाकुर साहब ने झटपट से चारसड़ाप लगा दी। नंगी देह-पाँच हंटर सड़ाप-, चमड़ी फट गई, खून निकल आया।

चौधरी ने ठाकुर साहब और युवक के बीच में खड़े होकर कहा – "हुजूर क्या मार ही डालेंगे? लड़का है, कुछ अनुचित मुँह से निकल जाये, तो क्षमा करनी चाहिए। राजा को दयावान होना चाहिए।"

ठाकुर साहब आपे से बाहर हो रहे थे। एक चमार का यह हौसला कि उनके सामने मुँह खोल सके। वही हंटर तानकर चौधरी को जमाया। बूढ़ा आदमी, उस पर कई दिन का भूखा, खड़ा भी मुश्किल से हो सकता था। हंटर पड़ते ही जमीन पर गिर पड़ा। बाड़े में हलचल पड़ गई। हजारों आदमी जमा हो गये। कितने ही चमारों ने मारे डर के खुरपी और रस्सी उठा ली थी और घास छीलने जा रहे थे। चौधरी पर हंटर पढ़ते देखा, तो रस्सी खुरपी फेंक दी और आकर चौधरी को उठाने लगे।

ठाकुर साहब ने तड़पकर कहा – "तुम सब अभी एक घंटे में घास लाओ। नहीं तो एकएक की हड्डी तोड़ दी जायेगी।-"

एक चमार बोला – "हम यहाँ काम करने आए हैं, जान देने नहीं आए हैं। एक तो भूखों मरें, दूसरा लात ख़ायें। हमारा जन्म इसलिए थोड़ी हुआ है। जिसे चाहे काम कराइये, हम घर जाते हैं।"

मुंशी – "जिसने बाड़े के बाहर कदम रखा, उसकी शामत आई। तोप पर उड़ा दूंगा।"

लेकिन चमारों के सिर पर भूत सवार था। बूढ़े चौधरी को उठाकर सब के सब एक गोल में बाड़े के द्वार की ओर चले। सिपाहियों की कवायद हो रही थी। ठाकुर साहब ने खबर भेजी और बात की बात में उन सबों ने आकर बड़े का द्वार रोक लिया। सभी कैंपों में खलबली पड़ गई। तरहतरह की अफ़वाहें उड़ने लगीं। राजा साहब अपने खेमे में तिलक के - कर रहे थे। यह खबर सुनी भड़कीले सजीले वस्त्र धारण, तो तिलमिला गये। क्रोध से बावले होकर वह अपनी बंदूक लिए खेमे से निकल आये और कई आदमियों के साथ बाड़े के द्वार पर जा पहुँचे।

चौधरी इतनी देर में झाड़ पोंछकर उस बैठा था। राजा साहब को देखते ही रोकर बोला– "दुहाई है महाराज की। सरकार, बड़ा अंधेर हो रहा है। गरीब लोग मारे जाते हैं।"

राजा – "तुम सब पहले बाड़े के द्वार से हट जाओ। फिर जो कुछ कहना है, मुझसे कहो। अगर किसी ने बाड़े के बाहर पांव रखा, तो जान से मारा जायेगा।"

चौधरी – "सरकार ने हमको काम करने के लिए बुलाया है कि जान लेने के लिये?"

राजा – "काम न करोगे, तो जान ली जायेगी।"

चौधरी – "काम तो आपका करें, खाने किसके घर जायें।"

राजा – "क्या बेहूदा बातें करता है? चुप रहोसब के सब मुझे बदनाम करना चाहते ! हो। तुम नीच हो और नीच लातों के बगैर सीधा नहीं होता।"

चौधरी – "क्या अब हमारी पीठ पर कोई नहीं कि मार खाते रहें और मुँह न खोलें? अब तो सेवा समिति हमारी पीठ पर है। क्या वह कुछ भी न्याय न करेगी?"

राजा – "अच्छातो तुझे सेवा समिति वालों का घमंड है। !"

चौधरी – "है, वह हमारी रक्षा करती है। तो क्यों न उसका घमंड करें?"

राजा साहब होंठ चबाने लगे – "तो यह समिति वालों की कारस्तानी है। चक्रधर मेरे हाथ कपटचाल चल रहे- हैं। चक्रधरजिसका बाप मेरी खुशामद की रोटियाँ खाता है। ! देखता हूँ, वह मेरा क्या कर लेता है? इन मूर्खों के सिर से यह घमंड निकाली देना चाहिए। यह जहरीले कीड़े फैल गए, तो आफ़त मचा देंगे।"

चौधरी तो ये बातें कर रहा था, उधर बाड़े में घोर कोलाहल मचा हुआ था। सरकारी आदमी की सूरत देखकर जिनके प्राण पखेरू उड़ जाते थे, वे इस समय निशंक हो निर्भय : बंदूकों के सामने मरने को तैयार खड़े थे। द्वार से निकलने का रास्ता न पाकर कुछ आदमी ने भड़ाकर -आदमी उधर से भड़ बाड़े की लकड़ियाँ और रस्सियाँ काट डाली और हजारों निकल पड़े, मानो कोई उमड़ी हुई नदी बांध तोड़ कर निकल पड़े। उसी वक्त एक और से सशस्त्र पुलिस के जवान और दूसरी ओर से चक्रधर, समिति के कई युवकों के साथ आते हुए दिखाई दिये।

उन्हें देखते ही हड़तालियों में जान सी पड़ गई, जैसे अबोध बालक अपनी माता को देखकर शेर हो जाये। हजारों आदमियों ने घेर लिया 'भैया आ गए भैया आ गए' की ध्वनि से आकाश गूंज उठा।

चक्रधर ने ऊँची आवाज से कहा – "क्यों भाईयोंतुम मुझे अपना मित्र समझते हो या ! शत्रु?"

चौधरी – "भैया यह भी कोई पूछने की बात है? तुम हमारे मालिक हो, स्वामी हो, सहारा हो।"

चक्रधर इस भीड़ से निकलकर सीधे राजा साहब के पास गए और बोले – "महाराज मैं आपसे कुछ विनय करना चाहता हूँ।"

राजा साहब ने त्योरियाँ बदलकर कहा – "मैं इसमें कुछ नहीं सुनना चाहता।"

चक्रधर – "आप कुछ ना सुनेंगे, तो पछतायेंगे।"

राजा – "मैं इन सबों को गोली मार दूंगा।"

चक्रधर – "दिन प्रजा के रक्त से राजतिलक लगाना किसी राजा के लिए मंगलकारी नहीं होता। प्रजा का आशीर्वाद ही राज्य की सबसे बड़ी शक्ति है, मैं आपका शुभचिंतक हूँ। इसलिए आपकी सेवा में आया हूँ। यह सारा तूफान अयोग्य कर्मचारियों का खड़ा किया हुआ है। यह सभी आदमी इस वक्त झल्लाये हुए हैं। गोली चलाकर आप उनके प्राण ले सकते हैं, लेकिन उनका रक्त केवल इसी बाड़े में ना सूखेगा, यह सारा विस्तृत कैंप उस रक्त

से सींच जायेगा। उसकी लहरों के झोंके से यह विशाल मंडप उखड़ जायेगा और यह आकाश में फहराती हुई ध्वजा भूमि पर गिर पड़ेगी। सारी सियासत में हाहाकार मच - जायेगा।"

राजा साहब अपने टेक पर अड़ना चाहते थे, किंतु इस समय उनका दिल कांप उठा। बोले – "इन लोगों को अगर कोई शिकायत थी, तो इन्हें आकर मुझसे कहना चाहिए था। मुझसे ना कह कर इन लोगों ने हेकड़ी करनी शुरू की, रात घोड़ों को घास नहीं दी और इस समय भागे जाते हैं। मैं यह घोर अपमान नहीं सह सकता।"

चक्रधर – "आपने इन लोगों को अपने पास आने का अवसर कब दिया? आपको मालूम है कि इन गरीबों को एक सप्ताह से कुछ भोजन नहीं मिला!"

राजा – "यह आप क्या कहते हैं? मैंने सख्त ताकीद कर दी थी कि हर एक मजदूर को इच्छा पूर्ण भोजन दिया जाये। क्यों दीवान साहब क्या बात है?"

हर सेवक – "धर्मावतार, आप इन महाशय की बातों में ना आइये। यह सारी आग इन्हीं की लगाई हुई है।"

मुंशी – "दीनबंधु यह लड़का बिल्कुल नासमझ है। दूसरों ने जो कुछ कह दिया, उसे सच समझ लेता है।"

राजा – "मैं इसकी पूछताछ करूंगा।"

हर सेवक – "हुजूर, इन्हीं लोगों ने आदमियों को उभारकर सरकश बना दिया है। यह लोग सब से कहते फिरते हैं कि किसी को तुम्हारे ऊपर राज्य करने का अधिकार नहीं है, किसी को तुमसे बेगार लेने का अधिकार नहीं। जमीन के मालिक तुम हो। जो जमीन से बीज उगाये, वही उसका मालिक है। राजा तो तुम्हारा गुलाम है।"

राजा – "बहुत ठीक कहते हैं। वास्तव में मैं प्रजा का गुलाम हूँ, बल्कि उसके गुलाम का गुलाम हूँ।"

हर सेवक – "हुजूर मैं इन लोगों की बातें कहाँ तक कहूं। कहते हैं, राजा को इतने बड़े महल में रहने का कोई हक नहीं। उसका संसार में कोई काम ही नहीं।"

राजा – "बहुत ही ठीक कहते हैं। आखिर मैं पड़ेपड़े खाने के सिवा और करता क्या - हूँ?"

चक्रधर ने झुंझलाकर कहा – "मैंने प्रजा को उनके अधिकार अवश्य समझाये हैं, लेकिन यह कभी नहीं कहा कि राजा को संसार में रहने का कोई हक नहीं क्योंकि मैं जानता हूँ कि जिस दिन राजाओं की ज़रूरत न रहेगी, उस दिन उनका अंत हो जायेगा।"

राजा – "मैं तो बुरा नहीं मानता। आपने कोई ऐसी बात नहीं कही, जो और लोग न कहते हों।"

चक्रधर को मालूम हुआ कि राजा साहब मुझे बना रहे हैं। गर्म होकर बोले – "अगर आपके ये भाव सच्चें होते, तो प्रजा पर यह विपत्ति ही न आती। राजाओं की यह पुरानी नीति है कि प्रजा का मन मीठीमीठी बातों से भरें और अपने कर्मचारियों को मनमाने - अत्याचार करने दें। वह राजा, जिसके कानों तक प्रजा की पुकार ने पहुँचने पाये, आदर्श नहीं कहा जा सकता।"

राजा – "किसी तरह नहीं। उसे गोली मार देनी चाहिए। जीता चुनवा देना चाहिए। प्रजा का गुलाम है कि दिल्लगी।"

चक्रधर यह व्यंग्य न सह सके। उनकी स्वाभाविक शक्ति ने उनका साथ छोड़ दिया। चेहरा तमतमा उठा। बोले – "जिस आदर्श के सामने आपको सिर झुकाना चाहिए, उसका मजाक उड़ाना आपको शोभा नहीं देता। मैंने कभी अनुमान ने किया था कि आपके वचन और कर्म में इतनी जल्द इतना बड़ा भेद हो जायेगा।"

क्रोध ने अब अपना यथार्थ रूप धारण किया। राजा साहब अभी तक व्यंग्य से चक्रधर को परास्त करना चाहते थे, लेकिन जब चक्रधर के वार मर्मस्थल पर पड़ने लगे, तो उन्हें भी अपने शस्त्र निकालने पड़े। डपट कर बोले – "अच्छा बाबू जीअब अप !नी जबान बंद करो। मैं प्रजा का गुलाम नहीं हूँ। प्रजा मेरे पैरों की धूल है। मुझे अधिकार है कि मैं उसके साथ जैसा उचित समझूं, वैसा सलूक करूं। किसी को हमारे और हमारे प्रजा के बीच में बोलने का हक नहीं है। आप अब कृपा करके यहाँसे चले जाइये और फिर कभी मेरे सियासत में कदम न रखियेगा। वरना शायद आपको पछताना पड़े चाहिए। जाइये।"

मुंशी वज्रधर की छाती धक धक करने लगी। चक्रधर को हाथों से पीछे हटाकर बोले- – "हुजूर की कृपा दृष्टि से इसे शोख कर दिया है। अभी तक बड़े आदमियों के सामने बैठने का मौका तो मिला नहीं। बात करने की तमीज कहाँ से आये।"

लेकिन चक्रधर भी जवान आदमी थे। उस पर सिद्धांतों के पक्के, आदर्शों पर मिटने वाले, अधिकार और प्रभुत्व के जानी दुश्मन। वह राजा साहब के उद्दंड शब्दों से जरा भी भयभीत ना हुए। तने हुए सामने आए और बोले – "आपको अपने मुख से यह शब्द निकालते हुए शर्म आनी चाहिए थी। आप प्रजा पर अपने को अर्पण कर देना चाहते थे। आप कहते थे, मैं प्रजा को अपने पास बेरोकटोक आने दूंगा-, उनके लिए मेरे द्वार हरदम खुले रहेंगे। आप कहते थे – मेरे कर्मचारी उनकी ओर टेढ़ी निगाह से भी देखेंगे, तो उनकी शामत आ जायेगी। वे सारी बातें क्या आपको भूल गई? और इतनी जल्द? अभी तो बहुत दिन नहीं गुजरे। अब आप कहते हैं, प्रजा मेरे पैरों की धूल है।"

राजा साहब कहाँ तक तो क्रोध से उन्मुक्त हो रहे थे, कहाँ यह लगती हुई बात सुनकर रो पड़े। क्रोध निरुत्तर होकर पानी हो जाता है। मगर एक ही क्षण में राजा सचेत हो गये। प्रभुता ने आँसुओं को दबा दिया। अकड़ कर बोले – "मैं कहता हूँ यहाँ से चले जाओ।"

चक्रधर – "जब तक आप इन आदमियों को जाने न देंगे, मैं नहीं जा सकता।"

राजा – "मेरे आदमियों से तुम्हें कोई सरोकार नहीं है। उनमें से अगर एक भी हिला, तो उनकी लाश जमीन पर होगी।"

चक्रधर – "तो मेरे लिए इसके सिवा और कोई उपाय नहीं है कि उन्हें यहाँ से हटा ले जाऊं।"

यह क्याक्या चक्रधर मजदूरों की ओर चले। राजा साहब जानते थे कि इनका इशारा - पाते ही सारे मजदूर हवा हो जायेंगे, फिर सशस्त्र सेना भी उन्हें रोक न सकेगी। तिलमिलाकर बंदूक लिए हुए चक्रधर के पीछे दौड़े और ऐसे जोर से उस पर कुंदा चलाया कि सिर पर लगता, तो शायद वही ठंडे हो जाते। मगर कुशल हुई। कुंदा पीछे में लगा और उसके झोंके से चक्रधर कई हाथ दूर जा गिरे। उनका जमीन पर गिरना था कि पाँच हाजर आदमी बाड़े को तोड़कर सशस्त्र सिपाहियों को चीरते बाहर निकल आये और नरेशों की कैंप की ओर चले। रास्ते में जो कर्मचारी मिला, उसे पीटा। मालूम होता था, कैंप में लूट मच गई है। दुकानदार अपनी दुकानें समेटने लगे, दर्शकगण अपनी धोतियाँ संभालकर भागने लगे। चारों तरफ भगदड़ पड़ गई। जितने बेफिक्रे, शोहदे, लुच्चे तमाशा देखने आये थे, वे सब उपद्रवकारियों में मिल गये। यहाँ तक कि नरेशों के कैंप तक पहुँचतेपहुँचते उनकी संख्या दूनी हो गई।-

राजा – "रईस अपनी वासनाओं के सिवा किसी के गुलाम नहीं होते। वक्त की गुलामी भी उन्हें पसंद नहीं। वह किसी नियम को अपनी स्वेच्छा में बाधा नहीं डालने देते। फिर उनको इसकी क्या परवाह कि सुबह है या शाम। कोई मीठी नींद के मजे लेता था, कोई गाना सुनता था, कोई स्नान ध्यान में मग्न था और लोग तिलक मंडप जाने की तैयारियाँ कर रहे थे। कहीं भंग घुटती थी, कहीं कवित्त चर्चा हो रही थी और कहीं नाच हो रहा था। कोई नाश्ता कर रहा था और कोई लेटा नौकरों से चंपी करा रहा था। उत्तरदायित्व विहीन स्वतंत्रता अपनी विविध लीलायें दिखा रही थी। अगर उपद्रवी इस कैंप में पहुँच जाते, तो महाअनर्थ हो जाता। न जाने कितने राजवंशों का अंत हो जाता, किंतु राजाओं की रक्षा उनका इकबाल करता है। अंग्रेजी कैंप में दसबारह आदमी अभी शिकार खेलकर लौटे थे। - उन्होंने जो यह हंगामा सुना, तो बाहर निकल आये और जनता पर अंधाधुंध बंदूके छोड़ने लगे। पहले तो उत्तेजित जनता ने बंदूकों की परवाह न की, उसे अपनी संख्या का बल था।

चिंता उत्तेजित होकर आदर्शवादी हो जाती है।

गोलियों की पहली बाढ़ आई। कई आदमी गिर गये।

चौधरी – "देखो भाई घबराना नहीं। जो गिरता है, उसे गिरने दो। आज ही तो दिल के हौसले निकले हैं। जय हनुमान जी की।"

एक मजदूर – "बढ़े आओ बढ़े आओ। अब मार लिया है आज ही तो..."

उसकी मुझे पूरी बात भी ना निकलने पाई थी कि गोलियों की दूसरी बाढ़ आई और कई आदमियों के साथ दोनों नेताओं का काम तमाम कर गई। एक क्षण के लिए सबके पैर रुक गये। जो जहाँ था, वहीं खड़ा रहा। समस्या थी कि आगे जायें या पीछे। सहसा एक युवक ने कहा – "मारो रुक क्यों गये? सामने पहुँचकर हिम्मत छोड़ देते हो। बढ़े चलो। जय दुर्गा माई की।"

अंग्रेजी कैंप से फिर गोलियों की बाढ़ आई थी और कई आदमियों के साथ यह आदमी पर गिर गया और उसके गिरते ही सारे समूह में खलबली पड़ गई। अभी तक इन लोगों को यह ना मालूम था कि गोलियाँ किधर से आ रही है। समझ रहे थे कि इसी कैंप से आती होंगी। अब शिकारी लोग बढ़ आए थे और साफ नजर आ रहे थे।

एक चमार बोला – "साहब लोग गोली चला रहे हैं। चलो उन्हीं सबों को पथें। मुर्गी के अंडे खाखाकर खूब मोटाए हुए हैं।-"

सभी अंग्रेजी कैंप की तरफ मुड़े और एक ही हल्ले में अंग्रेजी कैंप के फाटक तक आप पहुँचे। अंग्रेज योद्धा अभी तक तो मोर्चे पर खड़े बंदूकें छोड़ रहे थे, लेकिन इस भयंकर दल को सामने देखकर उनके औसान जाते रहे। दोचार तो भागे-, तीनचार मूर्छा खाकर गिर पड़े। -केवल पाँच फौजी अफसर अपनी जगह पर डटे रहे। उन्हें बचने की कोई आशा न थी, इसी निराशा ने उन्हें अदम्य साहस प्रदान किया था। सामने पहुँचकर लोगों ने आगे बढ़कर पत्थर चलाने शुरू किये। यहाँ तक कि अंग्रेज चोट खाकर गिर पड़े। एक का सिर फट गया, दूसरे की बांह टूट गई थी। केवल तीन आदमी रह गए थे और वही इन आदमियों को रोक रखने के लिए काफ़ी थे। लेकिन उनके पास भी कारतूस ना रह गए थे। इधर हड़तालियों के हौसले बढ़ते जाते थे। शिकार अब बेदम होकर गिरना चाहता था। मुँह से लार टपक रही थी।

सहसा एक आदमी पीछे से भीड़ को चीरता, बेतहाशा दौड़ता हुआ आकर – "बस बस क्या करते हो? ईश्वर के लिए हाथ रोको। क्या गजब करते हो?"

लोगों ने चकित होकर देखा, तो चक्रधर थे। सैकड़ों आदमी उन्मुक्त होकर उनकी ओर दौड़े और उन्हें घेर लिया। जय जय कार की ध्वनि से आकाश गूंजने लगा।

एक मजदूर ने कहा – "हमें अपने एक सौ भाइयों के खून का बदला लेना है।"

चक्रधर ने दोनों हाथ ऊपर उठाकर कहा – "कोई एक कदम आगे ना बढ़े। खबरदार।"

मजदूर – "यारों, बस एक हल्ला और।"

चक्रधर – "हम फिर कहते हैं, अब एक कदम भी आगे ना उठे।"

जिला के मजिस्ट्रेट मिस्टर जिम ने कहा – "बाबू साहब खुदा के लिए हमें बचाइये।"

फौज की कप्तान मिस्टर सिम बोले – "हम हमेशा आपको दुआ देगा। हम सरकार से आपका सिफारिश करेगा।"

एक मजदूर – "हमारे एक सौ जवान भून डाले, तब आप कहाँ थे ? यारों क्या खड़े हो? बाबू जी का क्या बिगड़ा है? मारे तो हम गए हैं ना। मारो बढ़ के।"

चक्रधर ने उपद्रवियों के सामने खड़े होकर कहा – "अगर तुम्हें खून की ऐसी प्यास है, तो मैं हाजिर हूँ। मेरी लाश को पैरों से कुचल कर तभी तुम आगे बढ़ सकते हो।"

मजदूर – "भैया हट जाओ। हमने बहुत मार खाई है, बहुत सताए गए हैं। इस वक्त दिल की आग बुझा लेने दो।"

चक्रधर – "मेरा लहू इस ज्वाला को शांत करने के लिए काफ़ी नहीं है?"

मजदूर – "भैया तुम शांतशांत बका करते हो-, लेकिन उसका फल क्या होता है? हमें जो चाहता है, मारता है; जो चाहता है, पीसता है; तो क्या हमी शांत बैठे रहें? शांत रहने से तो और भी हमारे दुर्गति होती है। हमें शांत रहना मत सिखाओ। हमें मरना सिखाओ, तभी हमारा उद्धार कर सकोगे।"

चक्रधर – "अगर अपनी आत्मा की हत्या करके हमारा उद्धार भी होता हो, तो हम आत्मा की हत्या न करेंगे। संसार को मनुष्य ने नहीं बनाया है, ईश्वर ने बनाया है। भगवान ने उद्धार के जो उपाय बताये हैं, उनसे काम लो और ईश्वर पर भरोसा रखो।"

मजदूर – "हमारी फांसी तो हो ही जायेगी। तुम माफी तो ना दिला सकोगे।"

मिस्टर जिम – "हम किसी को सजा न देंगे।"

चक्रधर – "इनाम मिले या फांसी, इसकी क्या परवाह? अभी तक तुम्हारा दामन खून के छींटे से पाक है, उसे पाक रखो। ईश्वर की निगाह में तुम निर्दोष हो। अब अपने को कलंकित मत करो, जाओ।"

मजदूर – "अपने भाइयों का खून कभी हमारे सिर से न उतरेगा। लेकिन तुम्हारी यही मर्जी है, लौट जाते हैं। आखिर फांसी पर तो चढ़ना ही है।"

एक्शन में सारा कैंप साफ हो गया। एक भी मजदूर न रह गया।

आदमियों के जाते ही वे लोग भी इनके साथ हो लिये, जो पहले लूट के लालच में चले आए थे। जिस तरह पानी आ जाने से कोई मेंला उठ जाता है, ग्राहक, दुकानदार और दुकानें सब न जाने कहाँ लुप्त हो जाती है, उसी भांति एक क्षण में सारे कैंप में सन्नाटा छा गया। केवल तिलक मंडप पर अभी तक आग की ज्वाला निकल रही थी। राजा साहब और उनके साथ के कुछ गिने गिने आदमी उसके सामने चुपचाप खड़े मानो किसी मृतक की दाह क्रिया कर रहे हों।

अंधेरा छा गया था। घायलों की कराहने की आवाजें आ रही थी। चक्रधर और उसके साथ के युवक उन्हें सावधानी से उठाउठा कर एक वृक्ष के नीचे जमा कर रहे थे। कई - आदमी तो उठाते उठाते सुरलोक सिधारे। कुछ सेवक उन्हें ले जाने की फिक्र करने लगे।

एकाएक के सिपाहियों ने आकर चक्रधर को पकड़ लिया और अंग्रेजी कैंप की तरफ ले चले। पूछा तो मालूम हुआ कि जिम साहब का यह हुक्म है।

वहाँ कचहरी लगी हुई थी। सशस्त्र पुलिस के सिपाही ,जिन्हें अब लूट से फ़ुर्सत मिल चुकी थी, द्वार पर संगीने चढ़ाये खड़े थे। अंदर मिस्टर जिम और मिस्टर सिम रौद्र रूप धारण किए सिगार पी रहे थे, मानो क्रोधाग्नि मुँह से निकल रही हो। राजा साहब मिस्टर जिम के बगल में बैठे थे। दीवान साहब क्रोध से आँखें लाल किए मेज पर हाथ रखे हुए कुछ कह रहे थे और मुंशी वज्रधर हाथ बांधे एक कोने में खड़े।

चक्रधर को देखते ही मिस्टर जिम ने कहा – "राजा साहब कहता है कि यह सब तुम्हारी शरारत है।"

चक्रधर आवेश में आकर बोले – "अगर राजा साहब, आपका ऐसा विचार है, तो इसका मुझे दुख है। हम लोग जनता में जागृति अवश्य फैलाते हैं और उनमें शिक्षा का प्रचार करते हैं, उन्हें स्वार्थांध अमलों के फंदों से बचाने का उपाय करते हैं और उन्हें अपने आत्मसम्मान की रक्षा करने का उपदेश दे देते हैं । हम चाहते हैं कि मनुष्य बने और मनुष्य की भांति संसार में रहें। वे स्वार्थ के दास बनकर कर्मचारियों की खुशामद ना करें , भयवश अपमान और अत्याचार ना सहे। अगर इसे कोई भड़काना समझता है, तो समझे। हम तो इसे अपना कर्तव्य समझते हैं।"

जिम – "तुम्हारे उपदेश का यह नतीजा देकर कौन कह सकता है कि तुम उन्हें नहीं भड़काता।"

चक्रधर – "यहाँ उन आदमियों पर अत्याचार हो रहा था और उन्हें यहाँ से चले जाने का या काम न करने का अधिकार था। अगर उन्हें शांति के साथ चले जाने दिया जाता, तो यह नौबत कभी ना आती।"

राजा – "हमें परंपरा से बेगार लेने का अधिकार है और उसे हम नहीं छोड़ सकते। आप असामियों को बेगार देने से मना करते हैं और आज के हत्याकांड का सारा भार आपके ऊपर है।"

चक्रधर – "कोई अन्याय केवल इसलिए मान्य नहीं हो सकता कि लोग उसे परंपरा से सहते आए हैं।"

जिम – "हम तुम्हारे ऊपर बगावत का मुकदमा चलाएगा तुम डेंजरस खतरनाक)) आदमी है।"

राजा – "हुजूर मैं इनके साथ को सख्ती नहीं करना चाहता। केवल यह प्रतिज्ञा लिखवाना चाहता हूँ कि यह अथवा इनके सरकारी लोग मेरी रियासत में न जायें।"

चक्रधर – "मैं यह प्रतिज्ञा नहीं कर सकता। दीनों पर अत्याचार होते देखकर दूर खड़े रहना वह दशा है, जो हम किसी तरह नहीं सह सकते।"

मिस्टर जिम ने सब इंस्पेक्टर से कहा – "इनको हवालात में रखो। कल इजलाश पर पेश करो।"

वज्रधर ने आगे बढ़कर जिनके पैरों पर पगड़ी रख दी और बोले – "हुजूर यह गुलाम ! का लड़का है। हुजूर, इसकी जांबख्शी करें।"

मिस्टर जिम – "तहसीलदार साहब यह तुम्हारा लड़का है? तुमने उसको घर से निकाल क्यों नहीं दिया? सरकार तुमको इसलिए पेंशन नहीं देता कि तुम बागियों को पाले। हम तुम्हारा पेंशन बंद कर देगा।"

राजा – "बाबू चक्रधरगड़ा है। आप प्रतिज्ञा लिखकर शौक से घर अभी कुछ नहीं बि ! जा सकते हैं। मैं आपको तंग नहीं करना चाहता था। इतना ही चाहता हूँ कि फिर हंगामे न खड़े हो।"

चक्रधर – "राजा साहब क्षमा कीजियेगा, जब तक असंतोष के कारण दूर न होंगे, ऐसी दुर्घटनायें होंगी और फिर होंगी। मुझे आप पकड़ सकते हैं, कैद कर सकते हैं। इससे चाहे आपको शांति हो; पर वह असंतोष अणुमात्र भी कम ना होगा, जिससे प्रजा का जीवन असह्य हो गया है। असंतोष को भड़का कर प्रजा को शांत नहीं कर सकते। हाँ, कायर बना सकते हैं। अगर आप उन्हें कर्महीन, बुद्धिहीन, पुरुषार्थहीन मनुष्य का तन धारण करने वाले सियार और सूअर बनाना चाहते हैं, तो बनाइये; पर इससे न आपकी कीर्ति होगी, ईश्वर प्रसन्न होंगे और न स्वयं आपकी आत्मा ही तुष्ट होगी।"

अध्याय 11

संध्या हो गई है। ऐसी उमस है कि सांस लेना मुश्किल है और जेल के कोठरियों में यह उमस और भी असह्य हो गई है। एक भी खिड़की नहीं, एक भी जंगला नहीं। उस पर मच्छरों का निरंतर गान कानों के परदे फाड़े डालता है।

यहीं एक कोठी में चक्रधर को भी स्थान दिया गया है। स्वाधीनता की देवी अपने सच्चे सेवकों को यही पद प्रदान करती है।

वह सोच रहे हैं कि भीषण उत्पात क्यों हुआ? हमने कभी भूलकर भी किसी से यह प्रेरणा नहीं की। फिर लोगों के मन में यह बात कैसे समायी? उन्हें यही उत्तर मिल रहा है कि यह हमारी नीयत का नतीजा है। हमारी शांति शिक्षा की तह में द्वेष छिपा हुआ था। हम भूल गए थे कि संगठित शक्ति आग्रहमय होती है। अत्याचार से उत्तेजित हो जाती है। अगर हमारी नीयत साफ़ होती, तो जनता के मन में कभी राजाओं पर चढ़ दौड़ने का आवेश न होता; लेकिन क्या जनता राजाओं के कैंप की तरफ ना जाती है, तो पुलिस उन्हें बिना रोक-टोक अपने घर जाने देती? कभी नहीं! सवार के लिए घोड़े का अड़ जाना या बिगड़ जाना एक बात है। जो छेड़-छेड़ कर लड़ना चाहे, उससे कोई क्यों कर बचे? फिर अगर प्रजा अत्याचार का विरोध न करें, उसके संगठन से फायदा ही क्या? इसलिए तो उसे सारे उपदेश दिए जाते हैं। कठिन समस्या है। या तो प्रजा को उनके हाल पर छोड़ दूं। उन पर कितने भी ज़ुल्म हो, उनके निकट न जाऊं या ऐसे उपद्रव के लिए तैयार रहूं। राज्य पशु बल का प्रत्यक्ष रूप है। वह साधु नहीं है, जिसका बल धर्म है; वह विद्वान नहीं है जिसका बल तर्क है। वह सिपाही है, जो डंडे के ज़ोर से अपना स्वार्थ सिद्ध कर आता है। इसके सिवा उनके पास कोई दूसरा साधन ही नहीं।

यह सोचते-सोचते उन्हें अपना ख़याल आया। मैं तो कोई आंदोलन नहीं कर रहा था। किसी को भड़का नहीं रहा था। जिन लोगों की प्राण रक्षा के लिए अपनी जान जोखिम में डाली, वहीं मेरे साथ यह सब लोग कर रहे हैं। इतना भी नहीं देख सकते कि जनता पर किसी का असर हो। उनकी इच्छा इसके सिवा और क्या है कि सभी आदमी अपनी-अपनी आँख बंद कर रखें। उन्हें अपने आगे पीछे दायें-बायें देखने का हक नहीं। अगर सेवा करना पाप है, तो यह पाप तो मैं उस वक्त करता रहूंगा, जब तक प्राण रहेंगे। जेल की क्या चिंता? सेवा करने के लिए सभी जगह मौके हैं। जेल में तो और भी ज्यादा। लालाजी को दुख होगा, अम्मा जी रोयेंगी; लेकिन मेरी मजबूरी है। जब बाहर भी जवान और हाथ पांव बांधे ही

जायेंगे, तो जैसे जेल वैसे बाहर। वह भी जेल ही है। हाँ, ज़रा उसका विस्तार अधिक है। मैं किसी तरह प्रतिज्ञा नहीं कर सकता।

वह इसी सोच-विचार में पड़े हुए थे कि एकाएक मुंशी वज्रधर कमरे में दाखिल हुये। उनकी देह पर पुरानी अचकन थी, जिसका मैल उसके असली रंग को छिपा हुआ था। नीचे एक पतलून था, जो कमरबंद न होने के कारण खिसककर इतना नीचा हो गया था कि घुटनों के नीचे एक झोला सा पड़ गया था। संसार में कपड़े से ज्यादा बेवफ़ा और कोई वस्तु नहीं होती। तहसीलदार साहब चक्रधर के पास जाकर बोले – "क्या करते हो बेटा? यहाँ तो बड़ा अंधेरा है। चलो बाहर इक्का खड़ा है, बैठ लो! इधर ही से साहब के बंगले पर होते चलेंगे। जो कुछ वह कहें, लिख देना। बात ही कौन सी है? हमें कौन किसी से लड़ाई करनी है। कल ही से दौड़ लगा रहा हों। बारे आज दोपहर को जाकर सीधा हुआ। पहले बहुत यों-त्यों करता रहा, लेकिन मैंने पिंड न छोड़ा। या वहाँ न चलना हो, तो यहीं एक हलफ़नामा लिख दो। देर करने से क्या फ़ायदा? तुम्हारी अम्मा रो-रो कर जान दे रही है।

चक्रधर ने सिर नीचा करके कहा – "अभी तो मैंने कुछ निश्चित नहीं किया। सोच कर जवाब दूंगा। आप नाहक इतने हैरान हुये।"

वज्रधर – "कैसी बातें करते हो बेटा? यहाँ नाक कटी जा रही है, घर से निकलना मुश्किल हो गया है और तुम कहते हो सोचकर जवाब दूंगा। इसमें सोचने की बात ही क्या है? चलो, हलफ़नामा लिख दो। घर में कल से आग नहीं जली।"

चक्रधर – "मेरी आत्मा किसी तरह अपने पांव में बेड़ियां डालने पर राजी नहीं होती।"

चक्रधर जब प्रतिज्ञा पत्र पर हस्ताक्षर करने को राजी न हुए, तो मुंशीजी निराश होकर बोले – "अच्छा बेटा लो अब कुछ ना कहेंगे। मैं तो जानता था कि तुम जन्म से ज़िद्दी हो। मेरी एक न सुनोगे। इसलिए आता ही ना था, लेकिन तुम्हारे माता ने मुझे कुरेद-कुरेद कर भेजा। कह दूंगा, नहीं आता। जितना रोना हो, रो लो।"

कठोर से कठोर हृदय में भी मातृस्नेह की कोमल स्मृतियाँ संचित होती है। चक्रधर कातर हो कर बोले – "आप माताजी को समझाते रहियेगा। कह दीजियेगा, मुझे ज़रा भी तकलीफ़ नहीं है।"

वज्रधर ने इतने दिनों तक यों ही तहसीलदारी न की थी, ताड़ गये कि अबकी निशाना ठीक पड़ा है। बेपरवाही से बोले – "मुझे क्या गरज पड़ी है कि किसी के लिए झूठ बोलूं। जो आँखों से देख रहा हूँ, वही कहूंगा। रोयेगी, रोये; रोना तो उसकी तकदीर ही में लिखा है। जब से तुम आए हो, एक घूंट पानी तक मुँह में नहीं डाला। इसी तरह दो-चार दिन और रही, तो प्राण निकल जायेंगे।"

चक्रधर करुणा से विहल हो गये। बिना कुछ कहे मुंशीजी के साथ दफ्तर की ओर चले। मुंशीजी के चेहरे की झुर्रियाँ एक क्षण के लिए मिट गईं। चक्रधर को गले लगाकर बोले – "जीते रहो बेटा तुमने मेरी बात मान ली। इससे बढ़कर और क्या ख़ुशी की बात होगी।"

दोनों आदमी दफ्तर में आये, तो जेलर ने कहा – "क्या आप इकरारनामा लिख रहे हैं? निकल गई सारी शोखी। इसी पर इतनी दूने की लेते थे।"

चक्रधर पर घड़ों पानी पड़ गया। मन की अस्थिरता पर लज्जित हो गये। जाति सेवकों से सभी दृढ़ता की आशा रखते हैं, सभी उसे आदर्श पर बलिदान होते देखना चाहते हैं। जातीयता के क्षेत्र में आते उसके गुणों की परीक्षा अत्यंत कठोर नियमों से होने लगती है और दोषों की सूक्ष्म नियमों से। परले सिरे का कुचरित्र मनुष्य भी साधु वेश रखने वालों से ऊँचे आदर्शों पर चलने की आशा रखता है; और उन्हें आदर्शों से गिरते देखकर उनका तिरस्कार करने में आशा रखता है।

जेलर द्वारा कही गई बातों ने चक्रधर आँखें खोल दी। तुरंत उत्तर दिया – " मैं ज़रा वह प्रतिज्ञा पत्र देखना चाहता हूँ।"

चक्रधर ने कागज को सरसरी तौर से देखकर कहा – "इसमें तो मेरे लिए कोई जगह ही नहीं रही। घर पर कैदी ही बना रहूंगा। जब कैद ही होना है, तो कैदखाना क्या बुरा है? अब या तो अदालत से बरी होकर आऊंगा या सजा के दिन काटकर।"

यह कहकर चक्रधर अपनी कोठरी में चले आये।

एक सप्ताह के बाद मिस्टर जिम के इजलास में मुकदमा चलने लगा।

अदालत में रोज खासी भीड़ हो जाती। वे सब मजदूर, जिन्होंने हड़ताल की थी एक बार चक्रधर के दर्शनों को आ जाते। शहर में हजारों आदमी आ पहुँचते थे। कभी-कभी राजा विशाल सिंह भी आकर दर्शकों की गैलरी में बैठ जाते हैं। लेकिन और कोई आये ना आये, किंतु मनोरमा रोज ठीक दस बजे कचहरी में आ जाती और अदालत के उठने तक अपनी जगह पर मूर्ति की भांति बैठी रहती। उसके मुँह पर दृढ़ संकल्प, विशाल करुणा, अलौकिक धैर्य और गहरी चिंता का फीका रंग छाया हुआ था।

संध्या का समय था। आज पूरे पंद्रह दिनों की कार्रवाई के बाद मिस्टर जिम में दो साल की कैद का फैसला सुनाया था। यह कम से कम सजा थी, जो उस धारा के अनुसार दी जा सकती थी।

चद्दर हँस-हँसकर मित्रों से विदा हो रहे थे। उनकी आँखों में जल भरा हुआ था। मजदूरों का दल इजलास के द्वार पर खड़ा हो जय-जय का शोर मचा रहा था। कुछ स्त्रियाँ खड़ी रो रही थीं।

सहसा मनोरमा आकर चक्रधर के सम्मुख खड़ी हो गई। उसके हाथ में फूलों का एक हार था। वह उसने उनके गले में डाल दिया और बोली – "अदालत ने तो आप को सजा दे

दी, पर इतने आदमियों में एक भी ऐसा ना होगा, जिसके दिल में आप से सौ गुना प्रेम ना हो गया हो। आपने हमें सच्चे साहस, सच्चे आत्मबल और सच्चे कर्तव्य का रास्ता दिखा दिया। जाइए, जिस काम का बीड़ा उठाया है, उसे पूरा कीजिये। हमारी शुभकामनायें आपके साथ हैं।"

चक्रधर ने केवल दबी आँखों से मनोरमा को देखा, कुछ बोल न सके। उसे शर्म आ रही थी कि लोग दिल में क्या ख़याल कर रहे होंगे।

सामने राजा विशाल सिंह, दीवान साहब, ठाकुर गुरु हरसेवक और मुंशी वज्रधर खड़े थे। बरामदे में हजारों आदमियों की भीड़ थी। धन्यवाद के शब्द उनकी ज़बान पर आकर रुक गये। वह दिखाना चाहते थे कि मनोरमा की वीरभक्ति उसकी बालक्रीड़ा मात्र है।

एक क्षण में सिपाहियों ने चक्रधर को बंद गाड़ी में बिठा दिया और जेल की ओर ले चले।

✠✠✠

अध्याय 12

चक्रधर की गिरफ्तारी के दूसरे दिन मनोरमा राजा विशाल सिंह को फटकार सुनाने गई थी। उसकी दोनों आँखें बीरबहूटी हो रही थी, भौंहें चढ़ी हुई। उस समय राजा साहब कोपभवन में मारे क्रोध से अपनी मूंछें ऐंठ रहे थे। सारे राजमहल में सन्नाटा था।

मनोरमा उनके सामने चली गई और उन्हें सरोष नेत्रों से ताकती हुई बोली। उसका कंठ आवेश से कांप रहा था – "महाराज! मैं आपसे यह पूछने आई हूँ कि क्या प्रभुता और पशुता एक ही वस्तु है या उनमें कुछ अंतर है। मुझे आश्चर्य होता है कि जिन्हें मैं देवता समझती थी, उन पर आपके हाथ क्यों कर उठे?"

मनोरमा के मान प्रदीप्त सौंदर्य ने राजा साहब को परास्त कर दिया। सौंदर्य के सामने प्रभुत्व भीगी बिल्ली बन गया। विशाल सिंह ने अपने कृत्य पर पश्चाताप करते हुए कहा – "मनोरमा! बाबू चक्रधर वीर आत्मा है और उनके साथ मैंने जो अन्याय किया है, उसका मुझे जीवन पर्यंत दुख रहेगा।"

मनोरमा के सौंदर्य में राजा साहब पर जो जादू का सा असर डाला था, वही असर उनकी विनय और शालीनता ने मनोरमा पर किया। जब वह कमरे से चली गई, तो विशाल सिंह द्वार पर खड़े होकर उसकी ओर ऐसे तृषीत नेत्रों से देखते रहे, मानो उसे पी जायेंगे। उनके हृदय में एक विचित्र आकांक्षा अंकुरित हुई।

दीवान साहब से पहले वह खिंचे रहते थे। उनका विशेष आदर सत्कार करने लगे। दो तीन बार उनके मकान पर भी गए और ठाकुर साहब की भी कई बार दावत की। आपस में घनिष्टता बढ़ने लगी। हर्ष की बात यह थी कि मनोरमा के विवाह की बातचीत और कहीं नहीं हो रही थी। मैदान खाली था। इन अवसरों पर मनोरमा उनके साथ कुछ इस तरह दिल खोलकर मिली कि राजा साहब की आशायें और भी चमक उठीं। अगर शंका थी, तो लौंगी की ओर से थी। वो राजा साहब का आना जाना पसंद न करती थी। वह उनके इरादों को भांप गई थी और उन्हें दूर ही रखना चाहती थी। यही एक कंटक था और उसे हटाए बिना वह अपने लक्ष्य पर न पहुँच सकते थे। बिचारे इसी उधेड़बुन में पड़े रहते थे। आखिर उन्होंने मुंशी को अपना भेदिया बनाना निश्चय किया।

दूसरे दिन प्रातः काल मुंशीजी दीवान साहब के मकान पहुँचे। दीवान साहब मनोरमा के साथ गंगा स्नान को गए हुए थे। लौंगी अकेली बैठी हुई थी। मुंशीजी फूले न समाये। ऐसा

ही मौका चाहते थे। जाते ही जाते विवाह की बात छेड़ दी। लौंगी को यह संबंध किसी भी तरह स्वीकार नहीं था। अभी बातचीत हुई रही थी कि दीवान साहब स्नान करके लौट आये।

लौंगी ने इशारे से उन्हें मकान में ले जाकर सलाह की। थोड़ी देर बाद दीवान साहब ने आकर मुंशी जी से कहा – "आप राजा साहब से जाकर कह दीजिए कि हमें विवाह करना मंजूर नहीं।"

मुंशीजी ने सोचा आज राजा साहब से कहे देता हूँ कि दीवान साहब ने साफ इंकार कर दिया, तो मेरी किरकिरी होती है। इसलिए आपने जाकर दून हांकनी शुरू की – "हुजूर! बुढ़िया बला की चुड़ैल है; हत्थे पर तो आती ही नहीं, इधर भी झुकती है उधर भी; और दीवान साहब तो निरे मिट्टी के ढेले हैं।"

राजा साहब ने अधीर होकर पूछा – "आखिर आप तय क्या कर आये?"

मुंशी – "हुजूर के एकबाल से फतह हुई, मगर दीवान साहब खुद आपसे शादी की बात से झेंपते हैं। आप की तरफ से बातचीत शुरू हो, तो शायद न नहीं करना हो।"

राजा – "तो मैं बातचीत शुरू कर देता हूँ। आज ही ठाकुर साहब की दावत करूंगा और मनोरमा को भी बुलाऊंगा। आप भी जरा तकलीफ कीजिएगा।"

दावत में राजा साहब ने मौका पाकर मनोरमा पर अपनी अभिलाषा प्रकट की। पहले तो वह सहमी सी खड़ी रही, फ़िर बोली – "पिताजी से तो अभी आपकी बातें नहीं हुई।"

राजा – "अभी तो नहीं मनोरमा! अवसर पाते ही करूंगा। पर कहीं उन्होंने इंकार कर दिया तो?"

मनोरमा – "मेरे भाग्य का निर्णय वही कर सकते हैं। मैं उनका अधिकार नहीं छीनूंगी।"

दोनों आदमी बरामदे में पहुँचे, तो मुंशीजी और दीवान साहब खड़े थे। मुंशीजी ने राजा साहब से कहा – " हुजूर को मुबारकबाद देता हूँ।"

दीवान – "मुंशीजी!"

मुंशी – "हुजूर! आज जलसा होना चाहिए (मनोरमा से) महारानी, आपका सोहाग सदा सलामत रहे।"

दीवान – "ज़रा मुझे सोच..."

मुंशी – "जनाब! शुभ काम में सोच-विचार कैसा? भगवान जोड़ी सलामत रखे।"

सहसा बाग में बैंड बजने लगा और राजा के कर्मचारियों का समूह इधर-उधर से आ-आकर राजा साहब को मुबारकबाद देने लगा। दीवान साहब सिर झुकाए खड़े थे। न कुछ कहते बनता था, न सुनते। दिल में मुंशीजी को हजारों गालियाँ दे रहे थे कि इसने मेरे साथ कैसी चाल चली। आखिर यह सोचकर दिल को समझाया कि लौंगी से सब हाल कह दूंगा। भाग्य में ही बदा था, तो मैं क्या करता? मनोरमा भी तो खुश है।"

ज्यों ही ठाकुर साहब घर पहुँचे, लौंगी ने पूछा – "वहाँ क्या बातचीत हुई?"

दीवान – "शादी ठीक हो गई और क्या?'

सुन कर लौंगी ने अपना कपाल पीट लिया। उसे दीवान साहब पर बड़ा क्रोध आया। उसने खूब खरी-खोटी सुनाई। मुंशीजी की भी सात पुश्तों की खबर ले डाली। लेकिन शादी तो ठीक हो ही गई थी। अब बात फेरी नहीं जा सकती थी। ऐसे लौंगी मन मारकर उसी दिन से विवाह की तैयारियाँ करने लगी।

यों तीन महीने तैयारियों में गुज़र गये। विवाह का मुहूर्त निकट आ गया। सहसा एक दिन शाम को घर में लेकर जेल में दंगा हो गया और चक्रधर के कंधे में गहरा घाव लगा है। बचना मुश्किल है।

मनोरमा की विवाह की तैयारी तो हो ही रही थी और यों भी देखने में वह बहुत खुश नजर आती थी, पर उसका हृदय सदैव रोता रहता था। कोई अज्ञात भय, कोई अलक्षित वेदना, कोई अतृप्त कामना, कोई गुप्त चिंता हृदय को मथा करती थी। अंधों की भांति इधर-उधर टटोलती फिरती थी, पर न चलने का मार्ग मिलता था, न विश्राम का आधार। उसने मन में एक बात निश्चय की थी और उसी में संतुष्ट रहना चाहती थी। लेकिन कभी-कभी वह जीवन इतना शून्य, इतना अंधेरा, इतना निराश मालूम होता कि घंटों यह मूर्छित सी बैठी रहती, मानो कहीं कुछ भी नहीं है। अनंत आकाश में केवल वही अकेली है।

यह भयानक समाचार सुनते ही मनोरमा को हौलदिल सा हो गया। आकर लौंगी से बोली – "लौंगी अम्मा! मैं क्या करूं? बाबूजी को देखे बिना अब नहीं रहा जाता। क्यों अम्मा घाव अच्छा हो जायेगा ना? "

लौंगी ने करुण नेत्रों से देखकर कहा – "अच्छा क्यों न होगा बेटी! भगवान चाहेंगे, तो जल्द अच्छा हो जायेगा।"

लौंगी मनोरमा के मनोभाव को जानती थी। उसने सोचा, इस अबला को कितना दुख है। मन ही मन तिलमिलाकर रह गई। हाय! चारे पर गिरने वाली चिड़िया को मोती चुगाने की चेष्टा की जा रही है। तड़प-तड़प कर पिंजरे में प्राण देने के सिवा यह और क्या करेगी? मोती में जो चमक है, वह अनमोल है। लेकिन उसे कोई खा तो नहीं सकता। उसे गले में बांध लेने से क्षुधा तो ना मिटेगी।

✠✠✠

अध्याय 13

चक्रधर को जेल में पहुँचकर ऐसा मालूम हुआ कि वह नई दुनिया में आ गए। उन्हें ईश्वर के दिए हुए वायु और प्रकाश के मुश्किल से दर्शन होते हुए थे। भोजन ऐसा मिलता था, जिसे शायद कुत्ते भी सूंघ कर छोड़ देते हैं। वस्त्र ऐसे, जिन्हें कोई भिखारी पैरों से ठुकरा देता और परिश्रम इतना करना पड़ता था, जितना बैल भी ना कर सके। जेल शासन का विभाग नहीं, पाश्विक व्यवसाय है। आदि से अंत सार व्यापार घृणित, जघन्य पैशाचिक और निंद्य है। अनीति की भी अकल यहां दंग है। दुष्टता भी यहाँ दांतो तले उंगली दबाती है।

मगर कुछ ऐसे भाग्यवान है, जिनके लिए जेल कल्पवृक्ष से कम नहीं। बैल अनाज पैदा करता है, तो अनाज का भूसा खाता है। कैदी बैल से भी गया गुज़रा है। वह नाना प्रकार के साग भाजी और फल फूल पैदा करता है; पर सब्जी फल और फूलों से भरी हुई डालिया हुक्काम के बंगलों पर पहुँच जाती हैं। कैदी देखता है और किस्मत ठोक कर रह जाता है।

चक्रधर को चक्की पीसने का काम दिया गया। प्रात:काल गेहूं तौल कर दे दिया जाता और संध्या तक उसे पीसना ज़रूरी था। कोई उज्र या बहाना ना सुना जाता था। बीच में केवल एक बार खाने की छुट्टी मिलती थी। इसके बाद फिर चक्की में जुत जाना पड़ता था। वह बराबर सावधान रहते थे कि किसी कर्मचारी को कुछ कहने का मौका ना मिले, लेकिन गालियों में बातें करना जिनकी आदत हो गई हो, उन्हें कोई क्यों कर रोकता।

किंतु विपत्ति का अंत यहीं तक न था। कैदी लोग उन पर ऐसी अश्लील ऐसी अपमानजनक आवाजें कसते थे कि क्रोध और घृणा से उनका रक्त खौल उठता, पर लहू का घूंट पीकर रह जाते थे। इनके कमरे में पांच कैदी रहते थे। उनमें धन्ना सिंह नाम का एक ठाकुर भी था, बहुत ही बलिष्ठ और गजब का शैतान। वह उनका नेता था। वे सब इतना शोर मचाते, इतनी गंदी, घृणितोपादक बातें करते कि चक्रधर को कानों में उंगलियाँ डालनी पड़ती थी। हुक्म तो यह था कि कोई कैदी तंबाखू भी न पीने पाये। पर यहाँ गांजा, भंग, शराब, अफ़ीम यहाँ तक कि कोकेन भी न जाने किस तिकड़म से पहुँच जाते थे। नशे में वे इतने उद्दंड हो जाते, मानो नर तन धारी राक्षस हो।

धीरे-धीरे चक्रधर को इन आदमियों से सहानुभूति होने लगी। सोचा इन परिस्थिति में पड़कर ऐसा कौन प्राणी है, जिसका पतन न हो जायेगा। उन्हें सभी श्रेणी के मनुष्यों से साबिका पड़ चुका था, पर ऐसे निर्लज्ज, गालियाँ खाकर हँसने वाले, दुर्व्यसनों में डूबे हुए मुँहफट बेहया आदमी उन्होंने अब तक न देखे थे। उन्हें न गालियों की लाज थी, न मार का

भय। कभी-कभी उन्हें ऐसी ऐसी अस्वाभाविक ताड़नायें मिलती थी कि चक्रधर के रोयें खड़े हो जाते थे, मगर क्या मज़ाल किसी की आँखों में आँसू आये। यह व्यहवार देखकर चक्रधर अपने कष्टों को भूल जाते थे। कोई कैदी उन्हें गाली देता, तो चुप हो जाते और इस ताक में रहते कि कब इसके साथ सज्जनता दिखाने का अवसर मिले।

चक्रधर का जीवन का कभी इतना आदर्श ना था। कैदियों को मौका मिलने पर धर्म कथायें सुनाते। इन कथाओं को कैदी लोग इतने चाव से सुनते, मानो एक-एक शब्द उनके हृदय पर अंकित हो जाता था! किंतु इसका असर बहुत जल्दी मिट जाता था, इतनी जल्दी कि आश्चर्य होता था। उधर कथा हो रही है और इधर लात-मुक्के चल रहे हैं। कभी-कभी वे इन कथाओं पर अविश्वास पूर्ण टीकायें करते और बात हँसी में उड़ा देते हैं। पर अभिव्यक्ति पूर्ण आलोचनायें सुनकर भी चक्रधर हताश ना होते। शनैः शनैः उनकी भक्ति चेतना स्वयं अदृश्य होती जाती थी।

इस भांति कई महीने गुजर गये। एक दिन संध्या समय चक्रधर दिन भर के कठिन श्रम के बाद बैठे संध्या कर रहे थे कि कई कैदी आपस में बातें करते हुए निकले- 'आज दरोगा की खबर लेनी चाहिए। जब देखो गालियाँ दिया करता है। ऐसा मारो कि जन्म पर को दाग हो जाये। यही न होगा कि साल दो साल की मियाद और बढ़ जायेगी। बच्चा की आदत तो छूट जायेगी।'

चक्रधर इस तरह की बातें सुनते रहते थे, इसलिए उन्होंने इस पर कुछ विशेष ध्यान न दिया, मगर भोजन करने के समय ज्यों ही दरोगा साहब आकर खड़े हुए और एक को देर से आने के लिए मारने दौड़े कि कई कैदी चारों तरफ से दौड़ पड़े और 'मारो मारो' का शोर मच गया। दरोगाजी की सिट्टी पिट्टी भूल गई। सहसा धन्ना सिंह ने आगे बढ़कर दरोगाजी की गर्दन पकड़ी और इतनी ज़ोर से दबाई कि उसकी आँखें निकल आई। चक्रधर ने देखा, अब अनर्थ हुआ जाता है, तो तीर की तरह झपटे, कैदियों के बीच में घुसकर धन्ना सिंह का हाथ पकड़ लिया और बोले – "क्या करते हो?"

धन्ना सिंह – "हट जाओ सामने से, नहीं तो सारा बाबूपन निकाल दूंगा। पहले इससे पूछो, अब तो किसी को गालियाँ न देगा, मारने को न दौड़ेगा?"

दरोगा – "कसम कुरान की, जो कभी मेरे मुँह से गाली का एक हरफ भी निकले।"

धन्ना सिंह – "कान पकड़ो।"

दरोगा – "कान पकड़ता हूँ।"

धन्ना सिंह – "जाओ बच्चा, भले का मुँह देख कर उठे थे, नहीं तो आज जान न बचती, यहाँ कौन कोई रोने वाला बैठा हुआ है।"

चक्रधर – "दरोगा जी! कहीं ऐसा न कीजियेगा कि जाकर वहाँ से सिपाहियों को चढ़ा लाइये और इन गरीबों को भुनवा डालिये।"

दरोगा – "लाहौल विला कूवत इतना कामीना नहीं हूँ।"

दरोगाजी तो यहाँ से जान बचाकर भागे, लेकिन दफ्तर में जाते ही गारद के सिपाहियों को ललकारा, हाकिम जिला को टेलीफोन किया और खुद बंदूक लेकर समर के लिए तैयार हुये। दम के दम में सिपाहियों का दल संगीने चढ़ाये आ पहुँचा और लपककर भीतर घुस पड़ा।

चक्रधर पर चारों ओर से बौछार पड़ने लगी। उन्होंने आगे बढ़कर कहा – "दरोगा जी! आखिर आप चाहते क्या हैं? इन गरीबों को क्यों घेर रखा है।"

दरोगा ने सिपाहियों की आड़ से कहा – "यही उन सब बदमाशों का सरगना है। इसे गिरफ्तार कर लो। बाकी जितने हैं, उन्हें खूब मारो। मारते-मारते हलवा निकाल लो सूअर के बच्चों का।"

चक्रधर – "आपको कैदियों को मारने का कोई मजाज नहीं है।"

सिपाही कैदियों पर टूट पड़े और उन्हें बंदूकों के कुंदों से मारना शुरू किया। कैदियों में खलबली पड़ गई। कुछ इधर-उधर से फावड़े, कुदालें और पत्थर ला-लाकर लड़ने पर तैयार हो गये। मौका नाजुक था। चक्रधर ने बड़ी दीनता से कहा – "मैं आपको फिर समझाता हूँ।"

दरोगा – "चुप रह सूअर का बच्चा!"

इतना सुनना था कि चक्रधर बाज़ की तरह लपककर दरोगाजी पर झपटे। कैदियों पर कुंदों की मार पड़नी शुरू हो गई थी। चक्रधर को बढ़ते देखकर उन सबों ने पत्थरों की वर्षा शुरू की। भीषण संग्राम होने लगा।

एकाएक चक्रधर ठिठक गये। ध्यान आ गया, स्थिति और भयंकर हो जायेगी, अभी सिपाही बंदूकें चलानी शुरू कर देंगे, लाशों के ढेर लग जायेंगे। अगर हिंसक भावों को दबाने का कोई मौका हो सकता है, तो वह यही मौका है। ललकार कर बोले – "पत्थर न फेंकों, पत्थर न फेंकों। सिपाहियों के हाथों से बंदूक छीन लो।"

सिपाहियों ने संगीने चढ़ानी चाही, लेकिन उन्हें इसका मौका न मिल सका। एक-एक सिपाही पर दस-दस कैदी टूट पड़े और दम के दम में उनकी बंदुकें छीन लीं। यह सब कुछ पांच मिनट में हो गया। ऐसा दांव पड़ा कि वही लोग जो ज़रा देर पहले हेकड़ी जताते थे, खड़े दया प्रार्थना कर रहे थे, घिघियाते थे, मत्थे टेकते थे और रोते थे, दरोगाजी की सूरत तस्वीर खींचने योग्य थी। चेहरा फक्क, हवाइयाँ उड़ी हुई, थर-थर कांप रहे थे कि देखें, जान बचती है या नहीं।

कैदियों ने देखा इस वक़्त हमारा राज्य है, तो पुराने बदले चुकाने पर तैयार हो गये। धन्ना सिंह लपका हुआ दरोगा के पास आया और जोर से धक्का देकर बोला – "क्यों साहब? उखाड़ लूं दाढ़ी का एक-एक बाल।"

चक्रधर – "धन्ना सिंह, हट जाओ।"

धन्ना सिंह – "मरना तो है ही, अब इन्हें क्यों छोड़े?"

चक्रधर – "मेरे देखते तो यह अनर्थ न होने पायेगा। हाँ मर जाऊं, तो जो चाहे करना।"

धन्ना सिंह – "अगर ऐसे बड़े धर्मात्मा हो, तो इनको क्यों नहीं समझाया? देखते नहीं हो, कितने सांसत होती है।"

इतने में सदर फाटक पर शोर मचा। जिला मजिस्ट्रेट मिस्टर जिम सशस्त्र पुलिस के सिपाही और अफसरों के साथ आ पहुँचे थे। दरोगाजी ने अंदर आते वक्त किवाड़ बंद कर लिए थे, जिससे कोई कैदी भागने न पायें।

यह शोर सुनते ही चक्रधर समझ गए कि पुलिस आ गई है। बोले – "अरे भाई! क्यों अपनी जान के दुश्मन बने हुए हो? बंदूकें रख दो और फौरन जाकर किवाड़ खोल दो। पुलिस आ गई।"

धन्ना सिंह – "कोई चिंता नहीं। हम भी इन लोगों का वारा न्यारा किए डालते हैं। मरते ही हैं, तो दो-चार कुमार को मार के मरें।"

कैदियों ने फौरन संगीनें चढ़ाई और सबसे पहले धन्ना सिंह दरोगा जी पर झपटा। करीब था कि संगीत की नोंक उसके सीने में चुभे कि चक्रधर यह कहते हुए : "धन्ना सिंह ईश्वर के लिए ..." दरोगा जी के सामने आकर खड़े हो गये। धन्ना सिंह वार कर चुका था। चक्रधर के कंधे पर संगीन का भरपूर हाथ पड़ा। आधी संगीन धंस गई।

दाहिने हाथ के कंधे को पकड़ कर बैठ गये। कैदियों ने उन्हें गिरते देखा, तो होश उड़ गये। आ-आकर उनके चारों तरफ खड़े हो गये। घोर अनर्थ की आशंका ने उन्हें स्तंभित कर दिया। भगत को चोट आ गई – ये शब्द उनकी पशुवृत्तियों को दबा बैठे।

धन्ना सिंह ने बंदूक फेंक दी और फूट-फूट कर रोने लगा। ग्लानि के आवेश में बार-बार चाहता है कि वही संगीन अपनी छाती में चुभा ले; लेकिन कैदियों ने इतने ज़ोर से उसे जकड़ रखा था कि उसका कुछ बस नहीं चलता।

दरोगा ने मौका पाया, तो सदर फाटक की तरफ दौड़े कि उसे खोल दूं। धन्ना सिंह ने देखा, तो एक ही झटके में वह कैदियों के हाथों से मुक्त हो गया और बंदूक उठा कर उनके बीच दौड़ा। करीब था कि दरोगाजी पर फिर वार पड़े कि चक्रधर फिर संभलकर उठे और एक हाथ से अपना कंधा पकड़े लड़खड़ाते हुए चले। धन्नासिंह ने उन्हें आते देखा, तो उसके पांव रुक गये। भगत अभी जीते हैं, इसकी उसे इतनी खुशी हुई कि वह बंदूक लेकर पीछे की ओर चला और उनके चरणों पर सिर रख कर रोने लगा।

चक्रधर ने कहा – "सिपाहियों को छोड़ दो।"

धन्ना जी बहुत अच्छा भैया तुम्हारा जी कैसा है?

सहसा मिस्टर जिम सशस्त्र पुलिस के साथ जेल में दाखिल हुये। उन्हें देखते ही सारे कैदी भय से भागे। केवल दो आदमी चक्रधर के पास खड़े रहे थे।

धन्ना सिंह उनमें एक था। सिपाहियों ने भी छूटते ही अपनी अपनी बंदूके संभाली और कतार में खड़े हो गये।"

जिम – "वेल दरोगा क्या हाल है?"

दरोगा – "हुजूर के अकबाल से फ़तह हो गई। कैदी भाग गये।"

जिम – "यह कौन आदमी पड़ा है?"

दरोगा – "इसी ने हम लोगों की मदद की है हुजूर। चक्रधर नाम है।"

जिम – "इसी ने कैदियों को भड़काया होगा।"

दरोगा – "नहीं हुजूर! इसने तो कैदियों को समझा-बुझाकर शांत किया।"

जिम – "तुम कुछ नहीं समझ ता। यह लोग पहले कैदियों को भड़काता है, फिर उनकी तरफ से हाकिम लोगों से लड़ता है।"

दरोगा – "देखने में तो हुज़ूर बहुत ही सीधा मालूम होता है, दिल का हाल खुदा जाने।"

जिम – "खुदा के जाने से कुछ नहीं होगा, तुमको जानना चाहिए। यह आदमी कैदियों से मज़हब की बातचीत तो नहीं करता?"

दरोगा – "मज़हब की बातें तो बहुत करता है हुजूर।"

जिम – "ओह! तब तो यह बहुत ही खतरनाक आदमी है। जब कोई पढ़ा-लिखा आदमी मज़हब की बातचीत करे, तो फौरन समझ लो कि वह कोई साजिश करना चाहता है।"

रिलीजन के साथ पॉलिटिक्स बहुत खतरनाक हो जाती है। यह आदमी कैदियों से बड़ी हमदर्दी करता होगा? सरकारी हुक्म उनको खूब मानता होगा? बड़े से बड़ा काम खुशी से करता होगा?"

दरोगा – " जी हाँ!"

जिम – "ऐसा आदमी निहायत खौफनाक होता है। उस पर कभी ऐतबार नहीं करना चाहिए। हम इस पर मुक़दमा चलायेगा। इसको बहुत कड़ी सजा देगा। सिपाहियों को दफ्तर में बुलाओ। हम सबका बयान लिखेगा।"

दरोगा – "हुजूर! पहले उसे डॉक्टर को दिखा लूं। ऐसा न हो कि मर जाये। गुलाम को दाग लगे।"

जिम – "वह मरेगा नहीं। ऐसा खौफनाक आदमी कभी नहीं मरता और मर भी जायेगा, तो हमारा कोई नुकसान नहीं।"

यह कहकर साहब दफ्तर की ओर चले। धन्नासिंह अब तक इस इंतजार में खड़ा था कि डॉक्टर साहब आते होंगे। जब देखा कि जिम साहब उधर मुखातिब भी ना हुए, तो उसने चक्रधर को गोद में उठाया और अस्पताल की ओर चला।

चक्रधर दो महीने अस्पताल में पड़े रहे। दवादर्पन तो जैसे हुई वही जानते होंगे; लेकिन जनता की दुआओं में ज़रूर असर था।

हजारों आदमी नित्य उनके लिए ईश्वर से प्रार्थना करते थे और मनोरमा को दान, व्रत और तप सिवा और कोई काम न था। जिन बातों को वह पहले ढकोसला समझती थी, उन्हीं बातों में अब उसकी आत्मा को शांति मिलती थी। कमजोरी ही में हम लकड़ी का सहारा लेते हैं।

चक्रधर तो अस्पताल में पड़े थे। इधर उन पर नया अभियोग चलाने की तैयारियाँ हो रही थी। ज्यों ही वह चलने-फिरने लगे, उन पर मुकदमा चलने लगा। जेल के भीतर ही इजलास होने लगा। ठाकुर गुरु हरसेवक जोशी आजकल डिप्टी मदिस्ट्रेट थे। उन्हीं को यह मुकदमा सुपुर्द किया गया।

ठाकुर साहब सरकारी काम में ज़रा भी रियायत न करते थे, लेकिन यह मुकदमा पाकर वह संकट में पड़ गए, अगर चक्रधर को सजा देते हैं, तो जनता में मुँह दिखाने लायक नहीं रहते। मनोरमा तो शायद उनका मुँह भी न देखे। छोड़ते हैं, तो अपने समाज में तिरस्कार होता है, क्योंकि वहाँ सभी चक्रधर से खार खाये बैठे थे।

मुकदमे को पेश हुए आज तीसरा दिन था। गुरु हरदेव सेवक बरामदे में बैठे सावन की रिमझिम वर्षा का आनंद उठा रहा था। सहसा मनोरमा मोटर से उतर कर उनके समीप कुर्सी पर बैठ गई।

गुरूसेवक ने पूछा – "कहाँ से आ रही हो?"

मनोरमा – "घर से ही आ रही हूँ ।जेल वाले मुकदमे में क्या हो रहा?"

गुरुसेवक – "अभी तो कुछ नहीं हुआ। गवाहों के बयान हो रहे हैं।"

मनोरमा – "बाबू जी पर जुर्म साबित हो गया?"

गुरूसेवक – "जुर्म का साबित होना या न होना दोनों बराबर है और मुझे मुलजिमों को सजा करनी पड़ेगी। अगर बरी कर दूंगा, तो सरकार अपील करके उन्हें फिर सजा दिला देगी। हाँ, मैं बदनाम हो जाऊंगा। मेरे लिए यह आत्मबलिदान का प्रश्न है। सारी देवता मंडली मुझ पर कुपित हो जायेगी।"

मनोरमा – "बाबूजी के लिए सजा का दो-एक साल बढ़ जाना कोई बात नहीं, वह निरापराध हैं और यह विश्वास उन्हें तस्कीन देने को काफ़ी है। लेकिन तुम कहीं के न रहोगे। तुम्हारे देवता भले तुम से भले ही संतुष्ट हो जाये, पर तुम्हारी आत्मा का सर्वनाश हो जायेगा।"

गुरूसेवक – "चक्रधर बिल्कुल बेकसूर तो नहीं है। पहले पहल जेल में के दरोगा पर वही गर्म पड़े थे। वह उस वक्त जब्त कर जाते, तो यह फिसाद न खड़ा होता।"

मनोरमा – "उन्होंने जो कुछ किया, वही उनका धर्म था। आपको अपने फैसले में साफ-साफ लिखना चाहिए कि बाबूजी बेकसूर हैं।

आपको सिफ़ारिश करनी चाहिए कि महान संकट में अपने प्राणों को हथेली पर लेकर जेल के कर्मचारियों की जान बचाने के बदले में उनकी मियाद हटा दी जाये।"

गुरूसेवक ने अपनी नीचता को मुस्कुराहट से छिपाकर कहा – "आग में कूद पड़ूं?"

मनोरमा – "धर्म की रक्षा के लिए आग में कूद पड़ना कोई नई बात नहीं है। आखिर आपको किस बात का डर है? यही न कि आपसे आपके आपसे नाराज हो जायेंगे। आप शायद डरतें हो कि कहीं आप अलग न कर दिया जायें।

इसकी ज़रा भी चिंता ना कीजिये।"

गुरूसेवक अपनी स्वार्थपरता पर झेंपते हुए बोले – "नौकरी की मुझे परवाह नहीं मनोरमा। मैं लोगों के कमीनेपन से डरता हूँ। इनका धर्म, इनकी राजनीति, इनका न्याय, इनकी सभ्यता केवल एक शब्द में आ जाती है और वह शब्द है – स्वार्थ। जानता हूँ यह मेरी कमजोरी है, पर क्या करूं? मुझमें तो इतना साहस नहीं।"

मनोरमा – "भैया जी! आप यह सारी शंका निर्मूल है। गवाहों के बयान हो गए कि नहीं?"

गुरूसेवक – "हाँ, हो गये। अब तो केवल फैसला सुनाना है।"

मनोरमा – "तो लिखिए। मैं बिना लिखवाये यहाँ से जाऊंगी ही नहीं। यही इरादा करके आज आई हूँ।"

दौड़ा दूसरी मोटर आ पहुँची। इस पर राजा साहब बैठे हुए थे। गुरूसेवक बड़े तपाक से उन्हें लेने दौड़े। राजा ने उनकी ओर विशेष ध्यान न दिया।

मनोरमा के पास आकर बोले – "तुम्हारे घर से चला रहा हूँ। वहाँ पूछा, तो मालूम हुआ – कहीं गई हो; पर यह तो किसी को मालूम न था कि कहाँ। वहाँ से पार्क गया, पार्क से चौक पहुँचा, सारे ज़माने की खाक छानता हुआ यहाँ पहुँचा हूँ। मैं कितनी बार कह चुका हूँ कि घर से चला करो, तो ज़रा बतला दिया करो।"

यह कहकर राजा साहब ने मनोरमा का हाथ आहिस्ता से पकड़ लिया और उसे मोटर की तरफ खींचा। मनोरमा ने एक झटके से अपना हाथ छुड़ा लिया और बोली – "मैं न जाऊंगी।"

राजा – "आखिर क्यों?"

मनोरमा – "अपनी इच्छा।"

गुरूसेवक – " हुजूर! यह मुझसे जबरदस्ती जेलवाले मुकदमे का फैसला लिखवाने बैठी हुई है। कहती है – बिना लिखवाये न जाऊंगी।"

गुरूसेवक ने यह बात दिल्लगी से कही थी, पर समयोचित बात उनके मुँह से कम निकली। मनोरमा का मुँहह लाल हो गया। समझी कि यह मुझे राजा साहब के सम्मुख गिराना चाहते है। तनकर बोली – "हाँ, इसलिए बैठी हूँ, तो फिर? आपको यह कहते हुए शर्म आनी चाहिए थी।

अगर मैं समझती कि आप निष्पक्ष होकर फैसला करेंगे, तो मेरे बैठने की क्यों ज़रूरत होती। आप मेरे भाई हैं, इसलिए मैं आपसे सत्याग्रह कर रही हूँ।

आपकी जगह कोई दूसरा आदमी बाबूजी पर जानबूझकर ऐसा घोर अन्याय करता, तो शायद मेरा वश चलता तो उसके हाथ कटवा लेती। चक्रधर की मेरे दिल में जितनी इज्ज़त है, उसका आप लोग अनुमान नहीं कर सकते।"

✠✠✠

अध्याय 14

हुक्काम के इशारों पर नाचने वाले गुरु सेवक सिंह ने जब चक्रधर को जेल के दंगे के इल्ज़ाम से बरी कर दिया, तो अधिकारी मंडल में सनसनी फ़ैल गई। गुरूसेवक सिंह से ऐसे फैसले की किसी को आशा न थीं। फ़ैसला क्या था, मान पत्र था, जिसका एक-एक शब्द वात्सल्य के रस में सराबोर था। जनता में धूम मच गई। ऐसे न्याय वीर और सत्यवादी प्राणी विरले ही होते हैं, सबके मुँह से यही बात निकलती थी। शहर के कितने ही आदमी तो गुरूसेवक के दर्शनों को आये और यह कहते हुए लौटे कि यह हाकिम नहीं, साक्षात् देवता हैं। अधिकारियों ने सोचा था, चक्रधर को चार पांच साल जेल में सड़ायेंगे, लेकिन अब तो खूंटा ही उखड़ गया, उछलें किस बिरते पर? चक्रधर इस इल्ज़ाम से बरी ही न हुए, बल्कि उनकी पहली सजा भी एक साल घटा दी गयी। मिस्टर जिम तो ऐसा जामे से बाहर हुए कि बस चलता, तो गुरुसेवक को गोली मार देते। और कुछ न कर सके, तो चक्रधर को तीसरे ही दिन आगरे भेज दिया। कर्मचारियों को सख्त ताकीद कर दी गई थी कि कोई कैदी उनसे बोलने तक न पाये, कोई उनके कमरे के द्वार तक भी न जाने पाये, यहाँ तक कि कर्मचारी भी उनसे न बोले। साल भर में दस साल की कैद का मज़ा चखाने की हिम्मत सोच निकाली थी। मज़ा यह कि इस धुन में चक्रधर को कोई काम भी न दिया। बस आठों पहर उसी चार हाथ लंबी और तीन हाथ चौड़ी कोठरी में पड़े रहो।

चक्रधर के विचार और भाव इतनी जल्दी बदलते रहते थे कि कभी उन्हें भ्रम होने लगता था कि मैं पागल तो नहीं हुआ जा रहा हूँ। अंत को उस अन्तर्द्वन्द में उनकी आत्मा ने विजय पाई। मन पर आत्मा का राज्य हो गया। मन अन्तर्जगत की सैर करने लगा। वह किसी समाधिस्थ योगी की भांति घंटों इस अंतरलोक में विचरते रहते। शारीरिक कष्टों से अब उन्हें विराग सा होने लगा। उनकी ओर ध्यान देना वह तुच्छ समझते थे। कभी-कभी वह गाते। मनोरंजन के लिए कई खेल निकाले। अंधेरे में अपनी लुटिया लुढ़का देते और उसे एक खोज में उठा लाने की चेष्टा करते। अगर उन्हें किसी चीज की ज़रूरत मालूम होती, तो वह प्रकाश था, इसलिए नहीं कि वह अंधकार से ऊब चुके थे; बल्कि इसलिए कि वह अपने मन में उमड़ने वाले भावों को लिखना चाहते थे। लिखने की सामग्रियों के लिए उनका मन तड़प कर रह जाता। धीरे-धीरे उन्हें प्रकार की भी ज़रूरत न रही। उन्हें ऐसा विश्वास होने लगा कि मैं अंधेरे में भी लिख सकता हूँ। लेकिन लिखने का सामान नहीं; बस यही एक ऐसी चीज थी, जिसके लिए वह कभी-कभी विकल हो जाते।

चक्रधर के पास कभी कभी एक बूढ़ा वार्डर भोजन लाया करता था। वह बहुत ही हँसमुख आदमी था। चक्रधर की प्रसन्न मुझ देखकर दो-चार बातें कर लेता था। उससे उन्हें बंधुत्व सा हो गया था। वह कई बार पूछ चुका था कि बाबूजी चरस तंबाखू की इच्छा हो, हमसे कहना। चक्रधर को ख़याल आया, क्यों न उससे एक पेंसिल और थोड़े से कागज़ के लिए कहूं। कई दिनों तक तो वह संकोच में पड़े रहे कि उससे कहूं या नहीं। आखिर एक दिन उनसे न रहा गया, पूछ ही बैठे – 'क्यों जमादार यहाँ कहीं कागज़ पेंसिल न मिलेगी।'

वार्डर ने सतर्क भाव से कहा – 'मिलने को तो मिल जायेगा; पर किसी ने देख लिया तो?'

इस वाक्य ने चक्रधर को संभाल लिया। उनकी विवेक बुद्धि, जो क्षण भर के लिए मोह में फंस गई थी, जाग उठी। बोले – 'नहीं, मैं यों ही पूछता था।'

इसके बाद वार्डर ने फिर कई बार पूछा – 'कहो तो पेंसिल कागज़ ला दूं? मगर चक्रधर ने हर दफ़ा यही कहा – 'मुझे ज़रूरत नहीं।'

बाबू यशोदानंदन को ज्यों ही मालूम हुआ कि चक्रधर आगरा जेल में आ गए हैं, वह उनसे मिलने की कई बार चेष्टा कर चुके थे; पर आज्ञा न मिलती थी। साधारणतः कैदियों को छठे महीने अपने घर के किसी प्राणी से मिलने की आज्ञा मिल जाती थी। चक्रधर के साथ इतनी रियायत भी न की गई थी, पर यशोदानंदन अवसर पड़ने कर खुशामद भी कर सकते थे। अपना सारा ज़ोर लगाकर अंत में उन्होंने आज्ञा प्राप्त कर ही ली – अपने लिए नहीं, अहिल्या के लिये। उस विरहिणी की दशा दिनों-दिन खराब होती जा रही थी। जबसे चक्रधर ने जेल में कदम रखा, उसी दिन से वह कैदियों की सी ज़िन्दगी बसर करने लगी। ईश्वर में पहले भी उसकी भक्ति कम न थी, अब तो उसकी धर्म-निष्ठा और बढ़ गई।

जब वह हाथ जोड़कर आँखें बंदकर के ईश्वर से प्रार्थना करती, तो उसे ऐसा मालूम होता कि चक्रधर स्वयं मेरे सामने खड़े हैं। उसे अनुभव होता था कि मेरी प्रार्थना उस मातृ स्नेह पूर्ण आंचल की भांति, जो बालक को ढक लेता है, चक्रधर की रक्षा करती रहती है।

जिस दिन अहिल्या को मालूम हुआ कि चक्रधर से मिलने की आज्ञा मिल गई है, उसे आनंद के बदले भय होने लगा। यह भी शंका होती थी कि कहीं मुझे उनके सामने जाते ही मूर्छा न आ जाये, कहीं मैं चिल्ला-चिल्लाकर रोने न लगूं।

प्रातः काल उसने उठकर स्नान किया और बड़ी देर तक बैठी वंदना करती रही। फिर यशोदानंदन जी के साथ गाड़ी में बैठ कर जेल चली गई।

जेल में पहुँचते ही एक औरत ने उसकी तलाशी ली और उसे पास के एक कमरे में ले गई। उसका कलेजा धड़क रहा था, उस स्त्री को अपने समीप बैठे देखकर उसे कुछ ढांढस हो रहा था, नहीं तो शायद वह चक्रधर को देखते ही उनके पैरों से लिपट जाती। सिर झुकाये बैठी थी कि चक्रधर दो चौकीदारों के साथ कमरे में आते। उनके सिर कर कनटोप था और

देह पर आधी आस्तीन का कुर्ता; पर मुख पर आत्मबल की ज्योति झलक रही थी। उनका रंग पीला पड़ गया था। दाढ़ी के बाल बढ़े हुए थे और आँखें भीतर को घुसी हुई थीं; पर मुख पर एक हल्की मुस्कुराहट खेल रही थी। अहल्या उन्हें देखकर चौंक पड़ी, उसी आँखों से बे-अख्तियार आँसू निकल आये। शायद कहीं और देखती तो पहचान भी न सकती। घबरायी सी उठकर खड़ी हो गई। अब दो के दोनों खड़े हैं, दोनों के मन में हजारों बातें हैं, उद्गार-पर-उद्गार उठते हैं, दोनों एक-दूसरे को कनखियों से देखते हैं, पर किसी के मुँह से शब्द नहीं निकलता। अहिल्या सोचती है, क्या पूछे? इनका एक-एक अंग अपनी दशा आप सुना रहा है। चक्रधर भी यही सोचते हैं, क्या पूछूं उसका एक-एक अंग उसकी तपस्या और वेदना की कथा सुना रहा है।

इसी असमंजस और कंठावरोध की दशा में खड़े-खड़े दोनों को दस मिनट हो गये। यहाँ तक कि उस लेडी को उनकी दशा पर दया आयी, घड़ी देखकर बोली – 'तुम लोग यों ही कब तक खड़े रहोगे? दस मिनट गुजर गये, केवल दस मिनट बाकी हैं।'

चक्रधर मानो समाधि से जाग उठे। बोले – 'अहिल्या, तुम इतनी दुबली हो? बीमार हो क्या?'

अहिल्या ने सिसकियों को दबाकर कहा, "नहीं तो! मैं बिल्कुल अच्छी हूँ, आप अलबत्ता इतने दुबले हो गए हैं कि पहचाने नहीं जाते।'

चक्रधर – 'खैर! दुबले होने के तो कारण हैं; लेकिन तुम क्यों ऐसी घुली जा रही ही? कम से कम अपने को इतना तो बनाये रखो कि जब मैं छूटकर आऊं, तो मेरी कुछ मदद कर सको। अपने लिए नहीं, तो मेरे लिए तुम्हें अपनी रक्षा करनी चाहिए। बाबूजी तो कुशल से हैं?'

अहिल्या – 'हाँ, आपको बराबर याद करते हैं, मेरे साथ वह भी आये हैं। पर यहाँ नहीं। आजकल स्वास्थ भी बिगड़ गया है; पर आराम न करने की उन्होंने कसम खा ली है। बूढ़े ख्वाजा महमूद से न जाने किस बात पर अनबन हो गई है। आपके चले जाने के बाद कई महीने तक खूब मेल रहा, लेकिन अब फिर वही हाल है।'

अहिल्या ने वे बातें महत्व की समझकर न कही; बल्कि इसलिए कि वह चक्रधर का ध्यान अपनी तरफ से हटा देना चाहती थी। चक्रधर विरक्त होकर बोले – 'दोनों आदमी फिर धर्मांधता के चक्कर में पड़ गए होंगे। जब तक हम सच्चे धर्म का अर्थ न समझेंगे, हमारी यही दशा रहेगी। घर का तो कोई समाचार न मिला होगा?'

अहिल्या – 'मिला क्यों नहीं, बाबूजी हाल ही में काशी गए थे। जगदीशपुर के राजा साहब ने आपके पिताजी को ६०/- मासिक बांध दिया है, आपकी माताजी रोया करती हैं। छोटी रानी साहिबा की आप के घर वालों पर विशेष कृपादृष्टि है।'

चक्रधर ने विस्मित होकर पूछा – 'छोटी रानी साहिबा कौन?'

अहिल्या – 'रानी मनोरमा, अभी थोड़े दिन हुए, राजा साहब का विवाह हुआ है।'

चक्रधर – 'यह तो बड़ी दिल्लगी हो गई, मनोरमा का विवाह विशाल सिंह के साथ! मुझे तो अब भी विश्वास नहीं आता। बाबूजी ने नाम बताने में गलती की होगी।'

अहिल्या – 'बाबूजी को स्वयं आश्चर्य हो रहा था। काशी में भी लोगों को बड़ा आश्चर्य है। मनोरमा ने अपनी खुशी से विवाह किया है, कोई दबाव न था। सुनती हूँ, राजा साहब बिल्कुल उसकी मुट्ठी में हैं। जो कुछ वह कहती है, वही होता है। बाबूजी चंदा मांगने गए थे, तो रानी जी ने ही पांच हजार दिये। बहुत प्रसन्न मालूम होती थीं।'

सहसा लेडी ने कहा – 'वक़्त पूरा हो गया।'

चक्रधर क्षण भर भी और न ठहरे। अहिल्या को तृष्णापूर्ण नेत्रों से देखते हुए चले गए। अहिल्या ने सजल नेत्रों से उन्हें प्रणाम किया और उनके जाते ही फूट-फूट कर रोने लगी।

✠✠✠

अध्याय 15

फागुन का महीना आया, ढोल मंजीरे की आवाजें कानों में आने लगी। मुंशी वज्रधर की संगीत सभा की सजग हुई। यों तो कभी-कभी बारह माहों बैठक होती, पर फागुन आते ही बिला नागा मृदंग पर थाप पड़ने लगी। उदार आदमी थे, फिक्र को कभी पास न आने देते। अपने शरीर को कभी कष्ट न देते थे। लड़का जेल में है, घर में स्त्री रोती-रोती अंधी हुई जा रही है, सयानी बेटी घर पर बैठी हुई है, लेकिन मुंशी जी को कोई गम नहीं। पहले ₹25 में गुजर करते थे, अब ₹75 भी पूरे नहीं पड़ते। जिससे मिलते हैं, हँसकर, सभी की मदद करने को तैयार। वादे सबके करते हैं, किसी ने झुककर सलाम किया और प्रसन्न हो गये। दोनों हाथों से वरदान बांटते फिरते हैं, चाहे पूरा एक भी न कर सकें। अपने मोहल्ले के कई बेफिक्रों को, जिन्हें कोई टके को भी न पूछता, रियासत में नौकर करा दिया – किसी को चौकीदार, किसी को मुहर्रिर, किसी को कारिंदा। मगर नेकी करके दरिया में डालने की उनकी आदत नहीं। जिससे मिलते हैं अपना ही यश गाना शुरू करते हैं, और उनमें मनमानी अतिशयोक्ति भी करते हैं। मुंशी जी किसी को निराश नहीं करते। और कुछ न कर सके, तो बातों से ही पेट भर देते हैं। जो काम पहुँच से बाहर होता है, उसके लिए भी 'हाँ-हाँ' कर देना, आँखें मारना, उड़न घाईयाँ बताना, इन चालों में यह सिद्ध है। मनोरमा का राजा साहब से विवाह होना था कि मुंशी जी का भाग्य चमक उठा। एक ठीकेदार को रियासत के कई मकानों का ठीका दिला कर अपना मकान का पक्का करा लिया; बनिया बोरों अनाज मुफ्त में भेज देता, धोबी कपड़ों की धुलाई न लेता। सारांश यह है कि तहसीलदार साहब के पौ बारह थे। तहसीलदारी में जो मज़े न उड़ाये थे, अब उड़ा रहे हैं।

रात के आठ बजे थे। झिक्कू अपने समाजियों के साथ आ बैठा। मुंशी जी मनसद पर बैठे पेचवान पी रहे थे। गाना होने लगा। इतने में रानी मनोरमा की मोटर आकर द्वार पर खड़ी हो गई। मुंशी जी नंगे सिर, नंगे पांव दौड़े; जरा भी ठोकर खा जाते, तो उठने का नाम न लेते।

मनोरमा ने हाथ उठाकर कहा – "दौड़िये नहीं, दौड़िये नहीं। मैं आप ही के पास इस वक्त बड़ी खुशखबरी सुनाने आई हूँ। बाबूजी कल यहाँ आ जायेंगे।"

मुंशी – "क्या लल्लू?"

मनोरमा – "जी हाँ! सरकार ने उनकी मियाद घटा दी है।"

इतना सुनना था कि मुंशी की बेतहाशा दौड़े और घर में जाकर हांफते हुए निर्मला से बोले – "सुनती हो लल्लू कल आयेंगे। मनोरमा रानी दरवाजे पर खड़ी हैं।"

यह कहकर उल्टे पांव फिर आ पहुँचे।

मनोरमा – "अम्मा जी क्या कर रही हैं। उनसे मिलती चलूं।"

मनोरमा घर में दाखिल हुई। निर्मला आँखों में प्रेम की नदी भरे, सिर झुकाये खड़ी थी। जी चाहता था, इसके पैरों के नीचे आँखें बिछा दूं। मेरे धन्य भाग्य।

एकाएक मनोरमा ने झुककर निर्मला के पैरों पर शीश झुका दिया और पुलकित कंठ से बोली – "माता जी धन्य भाग्य, जो आपके दर्शन हुए। जीवन सफल हो गया।"

निर्मला सारा शिष्टाचार भूल गई। बस खड़ी रोती रही। मनोरमा के शील और विनय ने शिष्टाचार को तृण की भांति मातृस्नेह की रंगत में बहा दिया।

जब मोटर चली गई, तो निर्मला ने कहा – "साक्षात देवी है।"

दस बज रहे थे। मुंशी जी भोजन करने बैठे। मारे खुशी के खाया भी न गया। जल्दी से दो चार कौर खाकर बाहर की ओर भागे और अपने इष्ट मित्रों से चक्रधर के स्वागत के विषय में आधी रात तक बातें करते रहे। निश्चय किया गया कि प्रात:काल शहर में नोटिस बांटी जाये और सेवा समिति के सेवक स्टेशन पर बैंड बजाते हुए उनका स्वागत करें।

प्रातः समय में मनोरमा कमरे में आई और मेज़ पर बैठकर बड़ी उतावली में कुछ लिखने लगी कि दीवान साहब के आने की इत्तला हुई और एक क्षण में आकर वह कुर्सी पर बैठ गये। मनोरमा ने पूछा – "रियासत का बैंड तैयार है न।"

हर सेवक – "हाँ, उसके लिए पहले ही हुक्म दिया जा चुका है।"

मनोरमा – "जुलूस का प्रबंध ठीक है न! मैं डरती हूँ कि भद्द न हो जाये।"

हरसेवक – "श्रीमान राजा साहब की राय है कि शहर वालों को जुलूस निकालने दिया जाये। हमारे सम्मिलित होने की जरूरत नहीं।"

मनोरमा ने रूष्ट ठोकर कहा – "राजा साहब से मैंने पूछ लिया है। उनकी राय वही है, जो मेरी है। अगर सन्मार्ग पर चलने पर विरासत जब्त भी हो जाये, तब भी मैं उस मार्ग से विचलित न हूंगी।"

दीवान साहब ने सजल नेत्रों से मनोरमा को देखकर कहा – "बेटी मैं तुम्हारे ही भले को कहता हूँ। तुम नहीं जानती कि जमाना कितना नाजुक है।"

मनोरमा उत्तेजित होकर बोली – "पिताजी इस सदुपदेश के लिए मैं आपकी बहुत अनुगृहित हूँ, लेकिन मेरी आत्मा उसे ग्रहण नहीं करती। अभी सात बजे हैं। लेकिन आठ बजते-बजते आपको स्टेशन पहुँच जाना चाहिए। मैं ठीक वक्त पर पहुँच जाऊंगी। जाइये।"

दीवान साहब के जाते ही मनोरमा फिर मैं इस पर बैठकर लिखने लगी। यह वह भाषण था, जो मनोरमा चक्रधर के स्वागत के अवसर पर देना चाहते थी। वह लिखने में इतनी तल्लीन हो गई कि उसे राजा साहब के आकर बैठ जाने की तब तक खबर न हुई, जब तक उन्हें उनके फेफड़ों में खांसने मजबूर न कर दिया।

मनोरमा ने चौंककर आँखें उठाई, तो देखा कि राजा साहब बैठे हुए उसकी ओर प्रेम विहवल नेत्रों से ताक रहे हैं। बोली -"क्षमा कीजिएगा, मुझे आपकी आहट न मिली। क्या बहुत देर से बैठे हैं?"

राजा – "नहीं तो, अभी-अभी आया हूँ। तुम लिख रही थी इसलिए छेड़ना उचित न समझा। मैं चाहता हूँ कि जुलूस इतनी धूमधाम से निकले कि इस शहर के इतिहास में अमर हो जाये।"

मनोरमा – "यही तो मैं भी चाहती हूँ।"

राजा – "मैं सैनिकों के आगे सैनिक वर्दी में रहना चाहता हूँ।"

मनोरमा ने चिंतित होकर कहा – "आपका जाना उचित नहीं जान पड़ता। आप यहाँ उनका स्वागत कीजियेगा। अपनी मर्यादा का निर्वाह तो करना पड़ेगा। सरकार यों ही हम लोगों पर संदेह करती है, तब तो फिर सत्तू बांधकर हमारे पीछे पड़ जायेगी।"

मनोरमा फिर लिखने लगी, जो कि राजा साहब को वहाँ से चले जाने का संकेत था। पर राजा साहब ज्यों की त्यों बैठे रहे। उनकी दृष्टि मकरंद के प्यासे भ्रमर की भांति मनोरमा के मुख कमल का माधुर्य रसपान कर रही थी।

सहसा घड़ी में नौ बजे। मनोरमा कुर्सी से उठ खड़ी हुई। राजा साहब भी वृक्ष की छाया में विश्राम करने वाले पथिक की भांति उठे और धीरे-धीरे द्वार की ओर चले। द्वार पर पहुँचकर वह फिर मुड़कर मनोरमा से बोले – "मैं भी चलूं, तो क्या हर्ज?"

मनोरमा ने करुण कमल नेत्रों से देखकर कहा – "अच्छी बात है चलिये।"

रेलवे स्टेशन पर कहीं तिल रखने को जगह न थी। अंदर का चबूतरा और बाहर का सहन आदमियों से खचाखच भरे थे। चबूतरे पर विद्यालयों के छात्र थे, रंग बिरंगी वर्दियाँ पहने; और सेवा समिति के सदस्य रंग-बिरंगी झंडियाँ लिए हुये। मनोरमा नगर के कई महिलाओं के साथ सेवकों के बीच में खड़ी थी। बरामदे में राजा विशाल सिंह, उनके मुख्य कर्मचारी और शहर की रईस और नेता जमा थे। मुंशी वज्रधर इधर से उधर पैंतरे बदलते और लोगों को सावधान रहने की ताकीद करते फिरते थे।

ठीक दस बजे गाड़ी दूर से धुआं उड़ाते हुए दिखाई दी। अब तक लोग अपनी जगह कायदे के साथ खड़े थे। लेकिन गाड़ी के आते ही सारी व्यवस्था हवा हो गई। गाड़ी आकर रुकी और चक्रधर उतर पड़े। मनोरमा भी उन्माद से उन्मुक्त होकर चली; लेकिन तीन-चार पग चली थी कि ठिठक गई और एक स्त्री की आड़ से चक्रधर को देखा। सेवा समिति का मंगल गान समाप्त हुआ, तो राजा जी ने आगे बढ़कर नगर के नेताओं की तरफ से उनका स्वागत किया। सब लोगों उनसे गले मिले और यह जुलूस सजाया जाने लगा। चक्रधर स्टेशन के बाहर आये और तैयारियाँ देखी, तो बोले – "आप लोग इतना सम्मान करके मुझे लज्जित कर रहे हैं। मुझे तमाशा न बनाइये।"

संयोग से मुंशी जी वही खड़े थे। यह बातें सुनी, तो बिगड़कर बोले – "तमाशा नहीं बनना था, तो दूसरों के लिए प्राण देने को क्यों तैयार हुए थे? तुम्हीं अपनी इज्जत न करोगे, तो दूसरे क्यों करने लगे? आदमी कोई काम करता है, तो रुपये के लिए या नाम के लिये। यदि दोनों में से कोई हाथ न आये, तो वह काम करना ही व्यर्थ है।"

यह कहकर उन्होंने चक्रधर को छाती से लगा लिया। चक्रधर रक्तहीन मुख लज्जा से आरक्त हो गया था और कुछ आपत्ति करने का साहस न हुआ। चुपके से राजा साहब की टुकड़ी पर बैठे।

जुलूस नदेसर, चेतगंज, दशाश्वमेध और चौक पर होता हुआ दोपहर होते-होते कबीर चौरे पर पहुँचा। यहाँ मुंशी जी के मकान के सामने एक बहुत बड़ा शामियाना लगा हुआ था। निरहुआ की यही सभा हो और चक्रधर को अभिनंदन पत्र दिया जाये। मनोरमा स्वयं पत्र पढ़कर सुनाने वाली थी, लेकिन जब पढ़ने को खड़ी हुई, तो उसके मुँह से एक शब्द न निकला।

मनोरमा को असमंजस में देख कर राजा साहब खड़े हुए और धीरे से कुर्सी पर बिठा कर बोले – "सज्जनों रानी के भाषण में आपको जो रस मिलता, वह मेरे शब्दों में कहाँ। कोयल के स्थान पर कौआ हुआ खड़ा हो गया है, शहनाई की जगह नृसिंह ने लेली है। आप लोगों को ज्ञात न होगा कि पूज्यवर चक्रधर रानी साहिबा के गुरु रह चुके हैं और वह भी उन्हें उसी भाव से देखती है। अपने ग्रुप का सम्मान करना शिष्या का धर्म है, किंतु रानी साहिबा का कोमल हृदय नाना प्रकार के आवेगों से इतना भरा हुआ है कि वाणी के लिए भी जगह नहीं रही। इसके लिए क्षम्य है। बाबू साहब ने जिस धैर्य और साहस से दोनों की रक्षा की, वह आप लोग जानते ही हैं। जेल में भी आपने निर्भीकता से अपने कर्तव्य का पालन किया। आपका मन दया और प्रेम का सागर है। जिस अवस्था में और युवक धन की उपासना करते हैं, आपने धर्म जाति प्रेम की उपासना की है। मैं भी आपका पुराना भक्त हूँ।"

एक सज्जन ने टोका – "आप ही ने तो उन्हें सजा दिलाई थी!"

राजा – "हाँ मैं से स्वीकार करता हूँ। राजा के मद में कुछ दिनों के लिए मैं अपने को भूल गया था। कौन है जो प्रभुता पाकर फूल न उठा हो। यह मानवीय स्वभाव है और आशा है आप लोग मुझे क्षमा करेंगे।"

✠✠✠

अध्याय 16

आगरा के हिंदू और मुसलमानों में आये दिन जूतियाँ चलती रहती थी। ज़राज़रा सी - बात पर दोनों दलों के सिर फिर जमा हो जाते और दो चार के अंग भंग हो जाते। उसकी दुकान पर धावा कर दिया कहीं बनिये की डंडी मार दी और मुसलमानों ने, कहीं किसी जुलाहे ने किसी हिंदू का घड़ा छू लिया और मोहल्ले में फौजदारी हो गई। निज के लड़ाईझगड़े सांप्रदायिक संग्राम के क्षेत्र में खींच लाए जाते थे। दोनों ही धर्म मजहब के नशे - में चूर थे।

होली के दिन थेम गलियों में गुलाल के छींटे उड़ रहे थे। इतने जोश में कभी होली ना मनाई गई थी

संयोग से एक मिर्जा साहब हाथ मुर्गी लटका के कहीं से चले जा रहे थे। उनके कपड़े पर दोचार छींटे पड़ गये। बस गजब ही हो गया। सीधे जामे मस्जिद पहुँचे और मीनार पर - खड़े होकर बांग दी– ये उम्मतहाथों से मेरे दीन का खून रसूल। आज एक काफ़िर के-ए- हुआ है। उसके छींटे मेरे कपड़े पर पड़े हैं। या तो काफ़िरों से इस खून का बदला लो या मीनार से गिरकर नबी की खिदमत में फ़रियाद सुनाने जाऊं। बोलो मंजूर है!"

मुसलमानों ने यह ललकार सुनी और उनकी त्योरियाँ बदल गई। शाम होतेहोते दस - तलवारें लिए जामे मस्जिद के सामने आकर खड़े हो हज़ार आदमीगये।

सारे शहर में तहलका मच गया। हिंदुओं के होश उड़ गये। होली का नशा हिरन हो गया। पिचकारियाँ छोड़छोड़ लोगों ने लाठियाँ संभाली-; लेकिन ययाँ कोई जामे मस्जिद नहीं थी, न वह ललकार न दीन का जोश। सबको अपनीथी। अपनी पड़ी हुई-

बाबू यशोदानंदन कभी इस अफसर के पास जाते कभी उस अफसर के पास। लखनऊ तार भेजे, दिल्ली तार भेजे, मुस्लिम नेताओं के नाम तार भेजे, लेकिन कोई फल न निकला। और अंत में जब यह निराश होकर उठे, तो मुस्लिम वीर धावा बोल चुके थे।

वे 'अली' 'अली' का शोर मचाते चले जाते थे कि ब़ाबू साहब नज़र आ गये। फिर क्या था? सैकड़ों आदमी 'मारो' कहते हुए लपके। बाबू साहब ने पिस्तौल निकाली और शत्रुओं के सामने खड़े हो गये, सवालजवाब कौन करता। उन पर चारों तरफ से वार होने - लगे।

पिस्तौल चलाने की नौबत भी न आई, यही सोचते रह गये कि समझाने से ये लोग शांत हो जाये, तो क्यों किसी की जान लूं। अहिंसा के आदर्श ने हिंसा का हथियार हाथ पर भी उनका दामन न छोड़ा।

बाबू यशोदानंदन के मरने की खबर पाते ही सेवादल के युवकों का खून खौल उठा। दो तीन युवक कलवारी लेकर निकल पड़े और मुसलमान मोहल्ले में घुसे। हिंदू मोहल्ले में जो कुछ मुसलमान कर रहे थे, मुसलमान मोहल्लों में वही हिंदू करने लगे। अहिंसा ने हिंसा के सामने से झुका दिया।

सिरसा खबर उड़ी कि यशोदानंदन के घर पर आग लगा दी गई है और दूसरे घरों में भी आग लगाई जा रही है। सेवा दल वालों के कान खड़े हुये। दोढाई हजार आदमियों का दल - बल मार्च करता हुआ उस स्थान को चलाड, जहाँ यह बड़नावल दहक रहा था। यहाँ किसी मुसलमान का पता नहीं था, आग लगी थी; लेकिन बाहर की ओर। अंदर जाकर देखा, तो घर खाली पड़ा हुआ था। वागीश्वरी एक कोठरी में द्वार बंद किए हुए बैठी थी। इन्हें देखते ही वह रोती बाहर निकल आई और बोली – 'हाय मेरी अहिल्यादौड़ो !...उसे ढूंढो। पापियों ने न जाने उसकी क्या दुर्गति की। हाय मेरे बच्ची।'

एक युवक ने पूछा – 'क्या अहिल्या को उठा ले गये?'

वागीश्वरी – 'हाँ भैया, उठा ले गये। मना कर रही थी कि एरी बाहर मत निकल; अगर मरेंगे तो साथ मरेंगे; लेकिन न मानी। जाकर ख्वाजा महमूद से कहो, उसका पता लगाये। कहना, तुम्हें लाज नहीं आती। जिस लड़की को बेटी बनाकर मेरी गोद में सौंपा था, जिसके विवाह में पांच हजार खर्च करने वाले थे, उसकी उन्हीं के पिछलगुओं के हाथों या दुर्गति। हाय भगवान।'

लोग ख्वाजा साहब के पास पहुँचे, तो देखते हैं कि मुंशी यशोदानंदन की लाश रखी हुई है और ख्वाजा साहब बैठे रो रहे हैं। इन लोगों को देख कर बोले – 'तुम लोग समझते होंगे, यह मेरा दुश्मन था। खुदा जानता है कि मुझे अपना भाई और बेटा भी इससे ज्यादा अजीज़ नहीं। फिर भी हम दोनों की ज़िन्दगी के अंतिम साल मैदान बाजी में गुज़रे। आज उसका क्या अंजाम हुआ। हम दोनों दिल से मेल करना चाहते थे; पर हमारी मर्जी के खिलाफ कोई गैबी ताकत हमको लड़ाती थी। आप लोग नहीं जानते हो, मेरी इससे कितनी गहरी दोस्ती थी। कौन जानता था, इस गहरी दोस्ती का यह अंजाम होगा।'

एक युवक – 'हम लोग लाश को क्रियाक्रम के लिए ले जाना चाहते हैं।'

ख्वाजा – 'ले जाओ भाईमैं भी साथ चलूंगा। मेरे कंधा देने में कोई हर्ज है। इतनी ! रियायत तो मेरे साथ करनी पड़ेगी। मैं पहले मरता, तो यशोदा सिर पर खाक उड़ता हुआ मेरी मज़ार पर जरूर आता।'

युवक – 'अहिल्या को भी उठा ले गये। माताजी ने आपसे...'

ख्वाजा – 'क्या अहिल्या? मेरी अहिल्या कोकब !?'

युवक – 'आज ही। घर में आग लगाने से पहले।'

ख्वाजा – 'कलामे मजीद की कसम, जब तक अहिल्या का पता न लगा लूंगा, मुझे दाना पानी हराम है। तुम लोग लाश ले जाओ; मैं अभी आता हूँ। सारे शहर की खाक छान डालूंगा। भाभी से मेरी तरफ से अर्ज़ कर देना, मुझसे मलाल न रखें। यशोदा नहीं है, लेकिन महमूद है। जब तक उसके दम में दम है, उन्हें कोई तकलीफ न होगी। कह देना महमूद यों तो अहिल्या को खोज निकालेगा या मुँह में कालिख लगाकर डूब मरेगा।'

यह कहकर ख्वाजा साहब उठ खड़े हुए, लकड़ी उठाई और बाहर निकल गये।

चक्रधर को आगरे के उपद्रव, यशोदा नंदन की हत्या और अहिल्या के अपहरण का शोक समाचार मिला, तो उन्होंने व्यग्रता में आकर पिता को पत्र सुना दिया और बोले – 'मेरा वहाँ जाना बहुत ज़रूरी है।'

वज्रधर – 'जाकर करोगे ही क्या? जो कुछ होना था तो हो चुका। अब जाना व्यर्थ है।'

चक्रधर – 'कम से कम अहिल्या का तो पता लगाना ही होगा।'

वज्रधर – 'यह भी व्यर्थ है। पहले तो उसका पता लगाना ही मुश्किल है और लग भी गया, तो तुम्हारा अब उससे क्या संबंध। अब हम मुसलमानों के साथ रह चुकी है, तो कौन हिंदू उसे पूछेगा?'

चक्रधर – 'इसीलिए तो मेरा जाना और भी ज़रूरी है।'

वज्रधर – 'ऐसी बहू के लिए हमारे घर में स्थान नहीं है।'

चक्रधर निश्चयात्मक भाव से कहा – 'वह आपके घर में न आयेगी।'

वज्रधर ने भी उतने ही निर्दय शब्द में उत्तर दिया – 'अगर तुम्हारा ख़याल हो कि पुत्र प्रेम के वश होकर मैं अंगीकार कर लूंगा, तो ये तुम्हारी भूल है। अहिल्या कुलदेवी नहीं हो सकती, चाहे इसके लिए मुझे पुत्र वियोग ही सहना पड़े।'

चक्रधर पीछे घूमे थे कि निर्मला ने उसका हाथ पकड़ लिया और स्नेह पूर्ण तिरस्कार करते हुए बोली – 'बच्चा तुम से ये आशा न थी। अभी हमारा कहना मानो, हमारे कुल के मुँह में कालिख न लगाओ।'

चक्रधर ने हाथ छुड़ाकर कहा – 'मैंने आपकी आज्ञा कभी भंग नहीं की, लेकिन इस विषय में मजबूर हूँ।'

वज्रधर – 'यह तुम्हारा अंतिम निश्चय है।'

चक्रधर – 'जी हाँ अंतिम!'

यह कहते हुए चक्रधर बाहर निकल आये और कुछ कपड़े साथ में लिए स्टेशन की तरफ चल दिये।

चक्रधर आगरा पहुँचे, तो सवेरा हो गया था। एक क्षण तक वे खड़े सोचते रहे, कहाँ जाऊं? बाबू यशोदानंदन के घर जाना व्यर्थ था। अंत को उन्होंने ख्वाजा महमूद के घर चलना निश्चय किया।

ख्वाजा साहब के द्वार पहुँचे, तो देखा कि हजारों आदमी एक लाश को घेरे खड़े हैं और उसे कब्रिस्तान ले चलने की तैयारी हो रही है। चक्रधर तुरंत तांगे से उतर के पड़े और लाश के पास जाकर खड़े हो गये। कहीं ख्वाजा साहब तो नहीं कत्ल कर दिए गए। वह किसी से पूछने ही जाते थे कि सहसा ख्वाजा साहब ने आकर उनका हाथ पकड़ लिया और आँखों में आँसू भर कर बोले – 'खूब है बेटातुझे आँखें ढूंढ रही थ !ी। जानते हो वह किसकी लाश है? वह मेरा इकलौता पुत्र है, जिस पर ज़िन्दगी की सारी उम्मीदें कायम थी। लेकिन खुदा जानता है कि उसकी मौत पर मेरी आँखों से एक बूंद आँसू भी न निकला। उसने वह खेल किया, जो इंसानियत के दर्जे से गिरा हुआ था। तुम्हें अहिल्या के बारे में तो खबर मिली होगी।

चक्रधर – 'जी हाँशायद बदमाश लोग पकड़ ले गये। !'

ख्वाजा – 'यह वही बदमाश है, जिसकी लाश तुम्हारे सामने पड़ी है। वह इसी की हरकत थी। मैं तो सारे शहर में अहिल्या को तलाश करता फिरता था, और वह मेरे ही घर में कैद थी। यह ज़ालिम उस पर जब्र करना चाहता था। आज उसने मौका पाकर इसे जहन्नुम का रास्ता दिखा दिया – सीने में छुरी भोंक दी।'

चक्रधर – 'मुझे यह सुनकर बहुत अफ़सोस हुआ। मुझे आपके साथ काबिल हमदर्दी है। आपका सा इंसाफ़ परवर, हकपरस्त आदमी इस दुनिया में न होगा। पहले आप कहाँ है?'

ख्वाजा – 'इसी घर में। सुबह से कई बार कह चुका हूँ कि तुझे तेरे घर पहुँचा आऊं, पर जाती है नहीं। बस बैठी रो रही है।'

लाश उठाई गई। शोक समाज पीछेपीछे चला। चक्रधर भी ख्वाजा साहब के साथ - कब्रिस्तान तक गये। जिस वक्त लाश कब्र में उतारी गई, ख्वाजा साहब रो पड़े। यह क्षमा के आँसू थे। चक्रधर भी आँसुओं को रोक न सके।

दोपहर होते होते लोग घर लौटे। ख्वाजा साहब ज़रा दम लेकर बोले–- 'आओ बेटा ! तुम्हें अहिल्या के पास ले चलूं।'

यह कहकर ख्वाजा साहब ने चक्रधर का हाथ पकड़ लिया और अंदर चले। चक्रधर का हृदय बांसो उछल रहा था। अहिल्या के दर्शनों के लिए वह इतने उत्सव कभी न थे। वह एक खिड़की के सामने खड़ी बगीचे की ओर ताक रही थी। सहसा चक्रधर को देखकर वह चौंक पड़ी और घूंघट में मुँह छुपा लिया। फिर एक क्षण के बाद वह उनके पैरों को पकड़कर अश्रुधारा से रोने लगी।

चक्रधर बोले – 'अहिल्या मुझे तुम्हारे चरणों पर सिर झुकाना चाहिए। तुम बिल्कुल उल्टी बात कर रही हो।'

यह कहकर उन्होंने अहिल्या का हाथ पकड़ लिया, लेकिन वह हाथ छुड़ाकर हट गई और कांपते हुए स्वर में बोली – 'नहीं नहीं मेरे अंको मत स्पर्श कीजिये। सूखा हुआ फूल देवताओं पर नहीं चढ़ाया जाता, आपकी सेवा करना मेरे भाग्य में न था, मैं जन्म से ही अभागिनी हूँ। आप जाकर अम्मा को समझा दीजिए। मेरे लिए अब दुख न करें। मैं निर्दोष हूँ, लेकिन ऐसी हो कि नहीं कि आपकी प्रेमपात्री बन सकूं।'

चक्रधर से अब न रहा गया। उन्होंने फिर अहिल्या का हाथ पकड़ लिया और बोले – 'अहिल्या जिस देह में पवित्र और निष्कलंक आत्मा रहती है, वह देह भी पवित्र निष्कलंक रहती है। मेरी आँखों में आज तुम उससे कहीं अधिक पवित्र और निर्मल हो, जितनी पहले थी।'

अहिल्या कई मिनट तक चक्रधर के कंधे पर सिर के रोती रही। फिर बोली – 'तुम सिर्फ दया भाव से और मेरा उद्धार करने के लिए यह कालिमा सिर चढ़ा रहे हो या प्रेम भाव से?'

चक्रधर का दिल बैठ गया। अहिल्या की सरलता पर उसे दया आ गई। वह अपने को ऐसी अभागिनी और दीन समझ रही थी कि इसी विश्वास ही नहीं आता, मैं इससे शुद्ध प्रेम कर रहा हूं। बोले – 'तुम्हें क्या जान पड़ता है अहिल्या?'

अहिल्या – 'तुम्हारे मन में प्रेम से अधिक दया का भाव है।'

चक्रधर – 'अहिल्यातुम मुझ पर अन्याय कर रही हो। !'

अहिल्या – 'जिस वस्तु को लेने की सामर्थ्य मुझमें नहीं है, उस पर हाथ न बनाऊंगी। मेरे लिए यही बहुत है, जो आप दे रहे हैं। वैसे भी अपना धन्य भाग्य समझती हूं।'

फिर सहसा अहिल्या ने कहा – 'मुझे भय है कि मुझे आश्रय देकर आप बदनाम हो जाएंगे। कदाचित आपके मातापिता आपका तिरस्कार करें। मेरे लिए इससे बड़ी सौभाग्य - की बात नहीं हो सकती कि आपकी दासी बनूं, लेकिन आपकी तिरस्कार और अपमान का ख्याल करके जी में आता है कि क्यों न इस जीवन का अंत कर दूं।'

चक्रधर की आँखें करुणार्द्र हो गई। बोले – 'अहिल्याऐसी बातें न करो। अपनी ! पिता के विरोध की परवाह नहीं करता। मैं तुम से -आत्मा की अनुमति के सामने मैं माता विनती करता हूँ कि ये बातें फिर जबान पर न लाना।'

अहिल्या ने अबकी स्नेह सजल नेत्रों से चक्रधर को देखा। शंका की दाह जो उसके मर्मस्थल को जलाया जा रही थी, शीतल आर्द्र शब्दों से शांत हो गई। शंका की ज्वाला शांत होते ही उसकी दाह चंचल दृष्टि स्थिर हो गई और चक्रधर की सौम्य मूर्ति प्रेम की आँखों से प्रकाशमान आँखों के सामने खड़ी दिखाई दी।

बाबू यशोदानंदन की क्रिया कर्म के तीसरे ही दिन चक्रधर का अहिल्या से विवाह हो गया। चक्रधर तो अभी कुछ दिन टालना चाहते थे, लेकिन वागीश्वरी ने बड़ा आग्रह किया। विवाह में कोई धूमधाम नहीं हुई।

जिस दिन चक्रधरा अहिल्या को विदा कर काशी चले, हजारों आदमी स्टेशन पर पहुंचाने आए। वागीश्वरी का रोतेरोते बुरा हाल- था। जब अहिल्या जाकर पालकी पर बैठी, तो वह दुखिया पछाड़ खाकर गिर पड़ी। अहिल्या भी रो रही थी, लेकिन शोक से नहीं वियोग से। भाग्यश्री की गर्दन में उसके करपाश इतने सुदृढ़ हो गए कि दूसरी स्त्रियों ने बड़ी मुश्किल से छुड़ाया।

लेकिन चक्रधर के सामने दूसरी ही समस्या उपस्थित ही रही थी। वह घर तो जा रहे थे, लेकिन उस घर के द्वार बंद थे। पिता का क्रोध, माता का तिरस्कार, संबंधियों की अवहेलना, उन सभी शंकाओं से चित्त उद्विग्न हो रहा था। सबसे विकट समस्या यह थी कि गाड़ी से उतर कर जाऊंगा कहाँ? इन चिंताओं से उसकी मुख मुद्रा इतनी मलिन हो गई कि अहिल्या ने उनसे कुछ कहने के लिए उनकी ओर देखा, तो चौंक पड़े। उसकी वियोग व्यथा अब शांत हो गई थी और हृदय में उल्लास का प्रवाह होने लगा था। लेकिन पति कि उदास मुद्रा देखकर वह घबरा गई। बोली – 'आप इतने उदास क्यों हैं? क्या अभी से मेरी फ़िक्र सवार हो गई।'

चक्रधर ने झेंपते हुए कहा – 'नहीं तोउदास क्यों होने लगा। यह उदास होने का समय ! है या आनंद मनाने का।'

मगर जितना ही अपनी चिंता को छिपाने का प्रयत्न करते थे, उतना ही वह और भी प्रत्यक्ष होती जाती थी, जैसे दरिद्र अपनी साख रखने की चेष्टा में और भी दरिद्र होता जाता है।

अहिल्या ने गंभीर भाव से कहा – 'तुम्हारी इच्छा है, न बताओलेकिन यही इसका ! आशय है कि तुम्हें मुझ पर विश्वास नहीं।'

यह कहते कहते अहिल्या की आँखें सजल हो गई। चक्रधर से अब जब्त न हो सका। उन्होंने संक्षेप में सारी बातें कह सुनाई और अंत में प्रयाग उतर जाने का प्रस्ताव किया। अहिल्या ने गर्व से कहा – 'अपना घर रहते प्रयाग क्यों उतरें? वे कितने ही नाराज़ हो, हैं तो हमारे माता पिता। आप इन चिंताओं को दिल से निकाल डालिए। उनको प्रसन्न करने का भार मुझ पर छोड़ दें। मुझे विश्वास है कि उन्हें मना लूंगी।'

चक्रधर ने अहिल्या को गदगद नेत्रों से देखा और चुप ही रहे।

रात को दस बजते बजते गाड़ी बनारस पहुँची। अहिल्या के आश्वासन देने पर भी चक्रधर बहुत चिंतित हो रहे थे कि कैसे क्या होगा। लेकिन उन्हें कितना आश्चर्य हुआ, जब उन्होंने मुंशी जी को दो आदमियों के साथ स्टेशन पर उनकी राह देखता पाया। पिता के उस असीम, अपार, अलौकिक वात्सल्य ने उन्हें इतना पुलकित किया कि वे जाकर पिता के पैरों

पर गिर पड़े। मुंशीजी ने उन्हें दौड़कर छाती से लगा लिया और उनके श्रद्धाश्रुओं को रूमाल से पोंछते हुए स्नेह कोमल शब्दों में बोले – 'कम से कम एक तार तो दे देते कि मैं किस गाड़ी से आ रहा हूँ। खत तक न लिखा। यहाँ बराबर दस दिल से दो बार स्टेशन दौड़ा आता हूँ और एक आदमी हरदम बाहर तुम्हारे इंतज़ार में बिठाए रखता हूँ कि न जाने कब किस गाड़ी से आ जाओ। कहाँ है बहू? चलो उतार लायें। बहू के साथ यहीं ठहरो। स्टेशन मास्टर से कहकर वेटिंग रूम खुलवाए देता हूँ। मैं दौड़कर ज़रा बाजे गाजे, रौशनी, सवारी की फिक्र करूं। बहू का स्वागत तो करना ही होगा। यहाँ के लोग क्या जानेंगे कि बहू आती है। वहाँ की बात और थी, यहाँ की बात और है। भाई बंदों के साथ रस्म रिवाज़ मानना है पड़ता है।'

यह कहकर मुंशी जी चक्रधर के साथ गाड़ी के द्वार पर खड़े हो गये। अहिल्या ने धीरे से उतर कर उनके चरणों पर सिर रख दिया। उसकी आँखों से आनंद और श्रद्धा के आँसू बहने लगे। मुंशी जी ने उसके सिर पर हाथ रखकर आशीर्वाद दिया और दोनों प्राणियों को वेटिंग रूम में बिठाकर बोले – 'किसी को अंदर आने मत देना। मैंने साहब से कह दिया है। मैं कोई घंटे भर में आऊंगा।'

चक्रधर ने दबी ज़बान से कहा – 'इस वक़्त धूमधाम करने की ज़रूरत नहीं। सबेरे तो सब मालूम हो ही जायेगा।' मुंशीजी ने लकड़ी संभालते हुए कहा – 'सुनती हो बहू इनकी बातें। सबेरे लोग जानकर क्या करेंगे? दुनिया क्या जानेगी कि बहू कब आई।' मुंशीजी जब चले गए, तो अहिल्या ने चक्रधर को आड़े हाथों लिया। बोली – 'ऐसे देवता पुरुष के साथ तुम अकारण ही अनर्थ कर रहे थे। मेरा तो जी चाहता है कि घंटों उनके चरणों पर पड़ी रोया करूं।'

चक्रधर लज्जित हो गये। इसका प्रतिवाद तो न किया, पर उनका मन कह रहा था कि इस वक़्त दुनिया को दिखाने के लिए पिताजी कितनी ही धूमधाम क्यों न कर लें, घर में कोई न कोई गुल खिलेगा ज़रूर।

मुंशीजी को गए अभी आधा घंटा भी न हुआ था कि मनोरमा कमरे के द्वार पर आकर खड़ी दिखाई दी।

उसने कहा – 'वाह बाबूजीआप चुपके चुपके बहूजी को उड़ा लाए और मुझे खबर ! तक न दी। मुंशीजी न कहते, तो मुझे मालूम ही न होता। आपने अपना घर बसाया, मेरे लिए भी कोई सौगात लाये।'

यह कहकर वह अहिल्या के पास गई और दोनों गले मिली। मनोरमा ने हाथ से एक जड़ाऊ कंगन निकालकर अहिल्या को पहना दिया। अहिल्या ने उसे कुर्सी पर बिठा दिया और पान इलायची देते हुए बोली – 'आपको मेरे कारण बड़ी तकलीफ़ हुई। यह आपके आराम करने का समय था।'

चक्रधर मौका देखकर बाहर चले गए थे। उनके रहने से दोनों ही में संकोच होता। मनोरमा ने कहा – 'नहीं बहनमुझे ज़रा भी तकलीफ न हुई। मैं तो यों भी बारह एक बजे के ! पहले नहीं सोती। तुमसे मिलने की बड़े दिनों से इच्छा थी। तुम बड़ी भाग्यवान हो। तुम्हारा पति मनुष्यों मे ं रत्न है, सर्वथा निर्दोष एवं सर्वथा निष्कलंक।' अहिल्या पति प्रशंसा से गर्वोन्नत होकर बोली – 'आपके लिए कोई सौगात तो नहीं लाये।'

मनोरमा – 'मेरे लिए तुमसे बढ़कर और क्या सौगात लाते। मैं संसार में अकेली थी। तुम्हें पाकर दुकेली हो गई।' अहिल्या – 'मैं इसे अपना सौभाग्य समझूंगी।' इतने में बाजों की घोंरहे थे। पों सुनाई दी। मुंशीजी बारात जमाये चले आ-घों पों-

अहिल्या के हृदय में आनंद की तरंगे उठ रही थी। कभी उसका स्वागत इस ठाठ से होगा, कभी इतनी बड़ी रानी उसकी सहेली बनेगी, कभी उसका इतना आदर सत्कार होगा, उसने कल्पना भी न की थी।

मनोरमा ने उसे धीरेधीरे ले जाकर सुखपाल में बिठा दिया। बारात चली। चक्रधर एक -ग घोड़े में सवार थे।सुरं

✠✠✠

अध्याय 17

राजा साहब विशालपुर आते, तो इस तरह भागते मानो किसी शत्रु के घर आए हों। रोहिणी को एक राजा साहब की यह निष्ठुरता असह्य मालूम होती थी। वह उन पर दिल का गुबार निकालने के लिए अवसर ढूंढती रहती थी, पर राजा साहब भूलकर भी अंदर न आते थे। आखिर एक दिन वह मनोरमा पर ही पिल पड़ी। बात कोई न थी। मनोरमा ने सरल भाव से कहा – 'यहाँ आप लोगों का जीवन बड़ी शांति से कटता होगा। शहर में तो रोज एक नई झंझट सिर पर सवार रहता है।'

रोहिणी तो भरी बैठी ही थी। एंठ कर बोली – 'हाँ बहन क्यों ना हो? ऐसे प्राणी भी होते हैं, जिन्हें पड़ोसी के उपवास देखकर भी जलन होती है। तुम्हें पकवान बुरे मालूम होते हैं, हम अभागिनों के लिए सत्तू में भी बाधा।'

मनोरमा ने फिर उसी सरल भाव से कहा – 'अगर तुम्हें वहाँ सुखी सुख मालूम होता है, तो चली क्यों नहीं आती? अकेले मेरा भी जी घबराया करता है। तुम रहोगी, तो मजे से दिन कट जायेंगे।'

रोहिणी नाक सिकोड़ कर बोली – 'भला मुझ में वह हावभाव कहाँ है कि इधर राजा - साहब को मुट्ठी में किये रहूं, उधर हकीमों को मिलाय रखूं। यह तो कुछ पढ़ीलिखी - शहरवालियों को ही आता है, हम गवारिनें यह त्रियाचरित्र क्या जाने।'

मनोरमा खड़ी सन्न रह गई। ऐसा मालूम हुआ कि ज्वाला पैरों से उठी और सिर से निकल गई। वह दसबारह मिनट तक किसी बनती स्तंभित खड़ी रही। राजा साहब मोटर के - पास खड़े उसकी राह देख रहे थे। जब उसे देर हुई, तो स्वयं अंदर आये। दूर ही से पुकारा – 'नोरा क्या कर रही हो? चलो देर हो रही है।'

मनोरमा ने इसका कुछ जवाब नहीं दिया। तब राजा साहब ने मनोरमा के पास आकर हाथ पकड़ लिया और कुछ कहना ही चाहते थे कि उसका चेहरा देख कर चौंक पड़े। वह सर्पदंशित मनुष्य की भांति निर्निमेष नेत्रों से दीवार की ओर टकटकी लगाए ताक रही थी, मानो आँखों की राह प्राण निकल रहे हों।

राजा साहब ने घबराकर पूछा – 'नोरा कैसी तबीयत है?'

मनोरमा ने सिसकते हुए कहा – 'अब मैं यही रहूंगी। आप जाइये। मेरी चीजें यहीं भिजवा दीजियेगा।'

राजा साहब समझ गए कि रोहिणी ने अवश्य कोई व्यंग्य तीर चलाया है। उसकी और लाल आँखें करके बोले – 'तुम्हारे कारण यहाँ से जान लेकर भागा, फिर भी पीछे पड़ी हुई हो। यहाँ भी शांत रहने नहीं देती। मेरी खुशी है, जिससे जी चाहता है बोलता हूँ; जिससे जी नहीं चाहता, नहीं बोलता। तुम्हें इसकी जलन क्यों होती है?'

रोहिणी – 'जलन होगी मेरी बला सेतुम यहाँ ही थे !, तो कौन सा सोने की सेज पर सुला दिया था। यहाँ तो जैसे 'कंता घर रहे चाहे विदेश' भाग्य में रोना बदा था, रोती हूँ।'

राजा साहब का क्रोध बढ़ता जाता था। पर मनोरमा के सामने वह अपना पैशाचिक रूप दिखाते शर्माते थे। कोई लगती हुई बात कहना चाहते थे, जो रोहिणी की ज़ुबान बंद कर दे, वह अवाक रह जाये। मनोरमा को कटुवचन सुनाने के दंड स्वरूप रोहिणी को कितनी ही - कड़ी बात क्यों न कहीं जाये, वह क्षम्य थी। बोले – 'तुम्हें तो जहर खा कर मर जाना चाहिए। कम से कम तुम्हारी ये जलीकटी बातें तो सुनने में ना आयेंगी।-'

रोहिणी ने आग्नेय नेत्रों से राजा साहब की ओर देखा, मानो वह उन की ज्वाला से उन्हें भस्म कर देगी और लपक कर पान दान को ठुकराती, लोटे का पानी गिराती, वहाँ से चली गई।

राजा साहब बहुत देर तक समझाया, पर मनोरमा एक न मानी। उसे यह शंका हुई कि ये भाव केवल रोहिणी के नहीं हैं, यहाँ सभी लोगों के मन में यही भाव होंगे। संदेह और लांछन का निवारण या सभी लोगों के सम्मुख रहने से ही हो सकता है और यही उसके संकल्प का कारण था। अंत में राजा साहब ने हताश होकर कहा – 'तो फिर मैं भी काशी छोड़ देता हूँ। मुझसे अकेले वहाँ एक दिन भी रह जायेगा।'

एकाएक मुंशी वज्रधर लाठी देखते आते दिखाई दिये। चेहरा उतरा हुआ था। पैजामे का इजारबंद नीचे लटकता हुआ। आंगन में खड़े होकर बोले – 'रानी जी आप कहाँ हैं? जरा कृपा करके यहाँ आइए या हुक्म हो, तो मैं ही आऊं।'

राजा साहब ने चिढ़कर कहा – 'क्या है, यहीं चली आइये। आपको इस वक़्त आने की क्या जरूरत थी? सब लोग यहाँ चले आए, कोई वहाँ भी तो चाहिए।'

मुंशी जी कमरे में आकर बड़े दिन भाव से बोले – 'क्या बोलूं हुजूर? घर तबाह हुआ जा रहा है। हुजूर से न रो, तो किस से रोऊं। लल्लू न जाने क्या करने पर तुला है।'

मनोरमा ने सशंक होकर पूछा – 'क्या बात है मुंशी जी? अभी तो आज बाबूजी वहाँ मेरे पास आए थे। कोई भी नई बात नहीं कही।'

मुंशी – 'वह अपनी बात कहता है कि आपसे कहेगा। मुझसे भी कभी कुछ नहीं कहा, लेकिन आज प्रयाग जाने को तैयार बैठा है। बहू को भी साथ ले जाता है।'

मनोरमा – 'आपने पूछा नहीं कि क्यों जा रहे हैं। जरूर उन्हें किसी बात से रंज पहुँचा होगा, नहीं तो बहू को लेकर न जाते। घर में किसी ने ताना तो नहीं मारा।'

मुंशी – 'इल्म की कसम खाकर कहता हूँ, जो किसी ने चूं भी की हो। ताना उसे दिया जाता है, जो टर्राये। वह तो सेवा और शील की देवी है। उसे कौन ताना दे सकता है? हाँ इतना जरूर है कि हम दोनों आदमी उसका छुआ नहीं खाते।'

मनोरमा ने सिर हिलाकर कहा – 'अच्छा यह बात है। भला बाबूजी यह कब बर्दाश्त करने लगे। मैं अहिल्या की जगह होती, तो उस घर में एक क्षण भी न रहती। वरना जाने कैसे इतने दिन तक रह गई?'

मुंशी – 'आप जरा चलकर उन्हें समझा दें। मुझ पर इतनी दया करें। सनातन से जिन बातों को मानते आए हैं, वे अब छोड़ी नहीं जाती।'

मनोरमा – 'तो न छोड़िए। आपको कोई मजबूर नहीं करता। आपको अपना धर्म प्यारा है और होना भी चाहिए। उन्हें भी अपना सम्मान प्यारा है और होना चाहिए। मैं जैसे आपको बहू के हाथ का भोजन ग्रहण करने को मजबूर नहीं कर सकती, उस भांति उन्हें भी यह अपमान सहने के लिए नहीं दबा सकती। आप जाने और वह जाने। मुझे बीच में न डालिये।'

मुंशी जी बड़ी आशा बांधकर यहाँ दौड़े आए थे। यह फैसला सुना तो कमर टूट सी गई। फर्श पर बैठ गए और अनाथ भाव से माथे पर हाथ रख कर सोचने लगे – ' अब क्या करूं?'

मनोरमा वहाँ से चली गई। अभी उसे अपने लिए कोई स्थान ठीक करना था। शहर से अपनी आवश्यक वस्तुयें मंगवानी थी।

रात आधी से ज्यादा बीत चुकी थी, पर मनोरमा की आँखों में नींद न आई थी। उसे खयाल आया कि चक्रधर बिल्कुल खाली हाथ है। पत्नी साथ, नई जगह, खाली हाथ, न किसी से राह, न रस्म, संकोची प्रकृति, उदार हृदय, उन्हें प्रयाग में कितना कष्ट होगा। मैंने बड़ी भूल की। मुंशी के साथ मुझे चले जाना चाहिए था। बाबूजी मेरा इंतजार कर रहे होंगे।

उसने घड़ी की ओर देखा। एक बज गया था।

उसके मन में प्रश्न उठा – 'क्यों न इसी वक़्त चलूं। घंटे भर में पहुँच जाऊंगी।'

फिर खयाल आया कि इस वक़्त जाऊंगी, तो लोग क्या कहेंगे। वह फिर आकर लेट रही और सोने की चेष्टा करने लगी। उसे नींद आ गई, लेकिन देर से सोने पर भी मनोरमा को उठने में देर न लगी। अभी सब लोग सोते ही थे कि वह उठ बैठी और तुरंत मोटर तैयार करने का हुक्म दिया। फिर अपने हैंडबैग में कुछ चीज़ें रखकर वह रवाना हो गई।

चक्रधर भी प्रातः काल उठे और चलने कि तैयारी करने लगे। उन्हें माता पिता को-छोड़कर जाने का दुख हो रहा था, पर उस घर में अहिल्या की जो दशा थी, वह उन्हें असह्य थी। गाड़ी सात बजे छूटती थी। वह अपना बिस्तर और सामान बाहर निकाल रहे थे। भीतर अहिल्या अपनी सास और ननंद से गले लगकर रो रही थी कि इतने में अहिल्या की मोटर आती दिखाई दी। चक्रधर मारे शर्म के गड़ गये।

मनोरमा ने मोटर से उतरते हुए कहा – 'बाबूजीअभी ज़रा ठहर जाइये। यह उतावली ! क्यों? जब तक मुझे मालूम न हो जाएगा कि आप किस कारण से और वहाँ क्या करने के इरादे से जाते हैं, मैं आपको न जाने दूंगी।'

चक्रधर – 'आपको सारी स्थिति मालूम होती, तो आप कभी मुझे रोकने की चेष्टा न करतीं।'

मनोरमा – 'तो सुनिए, मुझे आपके घर की दशा थोड़ी बहुत मालूम है। ये लोग अपने संस्कारों से मजबूर हैं। न तो आप ही उन्हें दबाना पसंद करेंगे। क्यों न अहिल्या को कुछ दिनों तक मेरे साथ रहने दें। मैंने जगदीशपुर में ही रहने का निश्चय किया है। आप वहाँ रह सकते हैं। मेरी बहुत दिनों से इच्छा है कि आप मेरे मेहमान हों। वह भी तो आपका ही घर है। मैं इसे अपना सौभाग्य समझूंगी।'

चक्रधर – 'नहीं मनोरमामुझे जाने दो। !'

मनोरमा – 'अच्छी बात हैजाइए! लेकिन एक बात आपको माननी पड़ेगी। मेरी यह ! भेंट स्वीकार कीजिये।'

यह कहकर उसने अपना हैंडबैग चक्रधर की ओर बढ़ाया।

चक्रधर – 'अगर न लूं तो!'

मनोरमा – 'तो अपने हाथों अपना बोरियाबंधना उठाकर घर में रख आऊंगी।-'

चक्रधर – 'आपको इतना कष्ट उठाना पड़ेगा। मैं इसे लिए लेता हूँ। शायद वहाँ भी मुझे कोई काम करने की ज़रूरत न पड़ेगी। इस बैग का वजन ही बतला रहा है।'

मनोरमा घर में गई, तो निर्मला बोली – 'माना कि नहीं।'

मनोरमा – 'नहीं मानते। मना कर हार गई।'

मुंशी – 'जब आपके कहने से न माना, तो किसके कहने पर मानेगा।'

तांगा आ गया। चक्रधर और अहिल्या उस पर जा बैठे, तो मनोरमा भी अपनी मोटर पर जाकर चली गई। घर के बाकी तीनों प्राणी द्वार पर ही खड़े रह गये।

✠✠✠

अध्याय 18

सार्वजनिक काम करने के लिए कहीं भी क्षेत्र की कमी नहीं, बस मन में नि:स्वार्थ सेवा का भाव होना चाहिए। चक्रधर अभी प्रयाग में अच्छी तरह जमने भी ना पाये थे कि चारों ओर से उनके लिए खींचतान होने लगी। थोड़े दिनों में भी नेताओं की श्रेणी में आने लगे। उन्हें देश का अनुराग था, काम करने का उत्साह था और संगठन करने की योग्यता थी। सारे शहर में एक भी ऐसा प्राणी न था, जो उनकी तरह निष्पृह हो। और लोग अपना फालतू समय ही सेवा भाव के लिए दे सकते थे। द्रव्योपार्जन का मुख्य उद्देश्य था। चक्रधर को इस काम के सिवा और कोई फिक्र न थी। उन्होंने शहर के निकास पर एक छोटा सा मकान किराये पर ले लिया था और बड़ी किफ़ायत से गुजर करते थे। वहाँ रुपये का नित्य भाव रहता था। चक्रधर को अब ज्ञात होने लगा कि गृहस्थी में पड़कर कुछ न कुछ स्थायी आमदनी होनी ही चाहिए। अपने लिए उन्हें कोई चिंता न थी। लेकिन अहिल्या को वे दरिद्रता की चिंता में न डालना चाहते थे।

अगर चक्रधर को अपना ही घर संभालना होता, तो शायद उन्हें बहुत कष्ट न होता। क्योंकि उनके लिए एक बहुत अच्छे होते थे और दो चार समाचार पत्रों में लिखकर में अपनी ज़रूरत भर को पैदा कर लेते थे। पर मुंशी वज्रधर के तकाजों के कारण उनकी नाक में दम था। चक्रधर को बार-बार तंग करते और उन्हें विवश होकर पिता की सहायता करनी पड़ती।

अगहन का महीना था। खासी सर्दी पड़ रही थी, मगर चक्रधर जाड़े के कपड़े न बनवा पाये थे। अहिल्या के पास तो पुराने कपड़े थे, पर चक्रधर के पुराने कपड़े मुंशीजी के मारे बचने ही न पाते। या खुद पहन डालते या किसी को दे देते। वैसे फिक्र में थे कि कहीं से रुपये आ जाये, तो एक कंबल ले लूं। आज बड़े इंतज़ार के बाद लखनऊ की एक पत्रिका के कार्यालय से ₹25 का मनी ऑर्डर आया था और वे अहिल्या के पास बैठे कपड़ों का प्रोग्राम बना रहे थे।

इतने में डाकिये ने पुकारा। चक्रधर ने जाकर पत्र ले लिया और उसे पढ़ते हुए अंदर आए। अहिल्या ने पूछा – 'लालाजी का खत है ना? लोग अच्छी तरह है ना?'

चक्रधर – 'मेरे आते ही न जाने उन लोगों पर क्या साढ़ेसाती सवार हो गई कि जब देखो एक न एक विपत्ति सवार ही रहती है। बाबूजी को खांसी आ रही है। रानी साहिबा के यहाँ से अब वजीफा नहीं मिलता है। लिखा है इस वक्त पचास रूपये अवश्य भेजो।'

अहिल्या – 'क्या अम्मा जी बहुत बीमार हैं?'

चक्रधर – 'हाँ लिखा तो है।'

अहिल्या – 'तो जाकर देख ही क्यों न आओ।'

चक्रधर – 'मुझे बाबूजी पर बड़ा क्रोध आता है। व्यर्थ मुझे तंग करते हैं। अम्मा की बीमारी तो महज बहाना है। सरासर बहाना।'

अहिल्या – 'ये बहाना हो या सच, ये पच्चीस रुपये भेज दीजिये। बाकी के लिए लिख दो कि कोई फिक्र करके जल्दी भेज दूंगा। तुम्हारी तकदीर में इन वर्ष जड़ावल नहीं लिखा है।'

पूस का महीना लग गया। जोरों की सर्दी पड़ने लगी। स्नान करते समय ऐसा मालूम होता था कि पानी काट खायेगा। पर अभी तक चक्रधर जड़ावल न बनवा सके। एक दिन बादल हो आये और ठंडी हवा बहने लगी। सर्दी के मारे चक्रधर को नींद न आती थी। एक बार उन्होंने अहिल्या की ओर देखा। वह हाथ पैर सिकोड़े, चादर सिर से ओढ़े, एक गठरी की तरह पड़ी हुई थी। उसका स्नेह करुण हृदय रो पड़ा। उनकी अंतरात्मा सहस्त्रों जिव्हाओं से उनका तिरस्कार करने लगी। मेरी लोक सेवा केवल भ्रम है। कोरा प्रसाद। जब तू इस रमणी की रक्षा नहीं कर सकता, जो तुझ पर प्राण तक अर्पण कर सकती है, तो तू जनता का उपकार क्या करेगा।

दूसरे दिन वे नाश्ता करते ही कहीं बाहर न गये, अपने कमरे में ही कुछ लिखते पढ़ते रहे। शाम को सात बजते बजते वे फिर लौट आये और कुछ लिखते रहे। आज से यही उनका नियम हो गया। नौकरी तो वह कर न सकते थे। चित्त को इससे घृणा होती थीं, लेकिन अधिकांश समय पुस्तकें और लेख लिखने में बिताते। उनकी विद्या और बुद्धि अब सेवा के अधीन न रही, स्वार्थ के अधीन हो गई। पहले ऊपर की खेती करते थे, जहाँ न धन था न कीर्ति अब धन भी मिलता था और कीर्ति भी। पत्रों के संपादक उनके आग्रह करके लेख लिखवाते थे। लोग इन लेखों को बड़े चाव से पढ़ते थे। भाषा अलंकृत होती थीं, भाव भी सुंदर। दर्शन में उन्हें विशेष रुचि थी। उनके लेख भी अधिकांश दार्शनिक होते थे।

पर चक्रधर को अब अपने कृत्यों पर गर्व न था। उन्हें काफ़ी धन मिलता था। योरोप और अमेरिका के पत्रों में भी उनके लेख छपते थे। समाज में उनकर आदर भी कम न था। पर सेवा कार्य से को संतोष और शांति मिलती थी, अब वह मयस्सर न थी। अपने दीन, दुखी और पीड़ित बंधुओं की सेवा करने आई जो गौरव युक्त आनंद मिलता था, अब वह सभ्य समाज की दावतों में प्राप्त न होता था। मगर अहिल्या सुखी थी। अब वह सरल बालिका नहीं, गौरवशाली युवती थी – गृह प्रबंध में कुशल, पति सेवा में प्रवीण, उदार, दयालु और नीति चतुर। मजाल न था कि नौकर उसकी आँख बचाकर एक पैसा भी खा जाये। उसकी सभी अभिलाषायें पूरी होती जाती थीं। ईश्वर ने उसे एक सुंदर बालक भी दे दिया। रही सही कसर नहीं पूरी हो गई।

इस प्रकार पांच साल गुजर गये।

एक दिन काशी के राजा विशाल सिंह का तार आया। लिखा था – 'मनोरमा बहुत बीमार है। तुरंत आइये। बचने की आशा कम ही है।'

अहिल्या – 'यह हो क्या गया है? अभी तो लालाजी ने लिखा था कि यहाँ सब कुशल है।'

चक्रधर – 'क्या कहा जाये? कुछ नहीं, यह सब गृह कलह का फल है। मनोरमा ने राजा साहब से विवाह करके बड़ी भूल की। सौतों ने तानों से छेद-छेद कर उसकी जान ले ली।'

अहिल्या – 'कहो तो मैं भी चलूं। देखने को जी चाहता है। उसका शील और स्नेह कभी न भूलेगा।'

चक्रधर – 'योगेन्द्र बाबू को साथ लेते चलें। इनसे अच्छा यहाँ तो कोई डॉक्टर नहीं है।'

दस बजते-बजते ये लोग यहाँ से डाक पर चले। अहिल्या खिड़की के पावस का मनोरम दृश्य देखती थी। चक्रधर व्यग्र हो होकर घड़ी देखते थे कि पहुँचने में कितनी देर है और मुन्नू खिड़की से कूद पड़ने को ज़ोर लगा रहा था।

चक्रधर जब जगदीशपुर पहुँचे, तो रात के आठ बज गए थे। राजभवन के द्वार पर हजारों आदमियों की भीड़ थी। अन्नदान दिया जा रहा था। और कंगले एक पर एक टूट पड़ते थे।

अहिल्या पति के पीछे खड़ी थी। मुन्नू उसकी गोद में बैठा बड़े कौतूहल से दोनों आदमियों का रोना देख रहा था।

अभी दोनों आदमियों में कोई बात भी न होने पाई थी कि राजा साहब दौड़ते हुए भीतर से आते हुए दिखाई पड़े। सूरत से नैराश्य और चिंता झलक रही थी। शरीर भी दुर्बल था। आते ही आते उन्होंने चक्रधर को गले से लगा कर पूछा – 'मेरा तार कब मिल गया था?'

चक्रधर – 'कोई आठ बजे मिला होगा। पढ़ते ही मेरे होश उड़ गये। अब रानी जी की क्या हालत हैं?'

राजा – 'वह तो अपनी आँखों से देखोगे, मैं क्या कहूं। अब भगवान ही का भरोसा है। अहा! यह शंखधर महाशय हैं।'

यह कहकर उन्होंने बालक को गोद में के लिए और स्नेहपूर्ण नेत्रों से देखकर बोले – 'मेरी सुखदा बिल्कुल ऐसी ही थी। ऐसा जान पड़ता है, यह उसका छोटा भाई है। उसकी सूरत अभी तक मेरी आँखों में है। मुख से बिल्कुल ऐसी ही थी।'

अंदर जाकर। चक्रधर ने मनोरमा को देखा। वह मोटे गद्दों में ऐसे समा गई थी कि मालूम होता था कि पलंग खाली हो है, केवल चादर पड़ी हुई है। चक्रधर की आहट पाकर

उसने मुँह चादर से निकाला। दीपक के क्षीण प्रकाश में किसी दुर्बल की आह! असहाय नेत्रों से वह आकाश की ओर ताक रही थी।

राजा साहब ने आहिस्ता से कहा – 'नोरा! तुम्हारे बाबूजी आ गये।'

मनोरमा ने तकिये का सहारा लेकर कहा – 'मेरे धन्य भाग्य! आइए बाबूजी आपके दर्शन भी हो गए। तार न जाता, तो आप क्यों आते।'

चक्रधर – 'मुझे तो बिल्कुल खबर ही न थी। तार पहुँचने पर हाल मालूम हुआ।'

मनोरमा (बालक को देखकर) – 'अच्छा! अहिल्या देवी भी ऐसी हैं। ज़रा यहाँ तो लाना अहिल्या। इसे छाती से लगा लूं।'

राजा – 'इसकी सूरत सुखदा से बहुत मिलती है नोरा! बिल्कुल उसका छोटा भाई मालूम होता है।'

सुखदा का नाम सुनकर अहिल्या पहले भी चौंकी थी। अबकी वही शब्द सुनकर फिर चौंकी। बाल स्मृति किसी भूले हुए स्वप्न की भांति चेतना क्षेत्र में आ गई। उसने घूंघट की आड़ से राजा साहब की ओर देखा। उसे अपने स्मृति पट पर ऐसा ही आकार खिंचा हुए मालूम पड़ा।

बालक को स्पर्श करते ही मनोरमा के जर्जर में एक स्फूर्ति सी दौड़ गई। मानो किसी ने बुझते हुए दीपक की बत्ती उकसा दी हो। बालक को छाती से लगाए हुए उसे अपूर्व आनंद मिल रहा था। मानो बरसों से तृशित कंठ को शीतल जल मिल गया हो और उसकी प्यास न बुझती हो। वह बालक को लिए उठ बैठी और बोली – 'अहिल्या, मैं यह लाल अब तुम्हें न दूंगी। तुमने इतने दिनों तक मेरी सुध न ली, ये उसी की सजा है।'

राजा साहब ने मनोरमा को संभालते हुए कहा – 'लेट जाओ। देह में हवा लग रही है। क्या करती हो?'

किंतु मनोरमा बालक को लिए हुए कमरे से बाहर निकल गई। राजा साहब भी उसके पीछे-पीछे दौड़े कि कहीं वह गिर न पड़े। कमरे में केवल चक्रधर और अहिल्या रह गए। अहिल्या धीरे से बोली – 'मुझे अब याद आ रहा है कि मेरा नाम सुखदा था। जब मैं बहुत छोटी थी, तो लोग मुझे सुखदा कहते थे।'

चक्रधर ने कहा – 'चुपचाप बैठो। तुम इतनी भाग्यवान नहीं हो। राजा साहब की सुखदा कहीं खोई नहीं, मर गई होगी।'

राजा साहब इसी वक़्त बालक को लेकर मनोरमा के साथ कमरे में आए। चक्रधर के अंतिम शब्द उनके कान में पड़ गये। बोले – 'नहीं बाबूजी, मेरी सुखदा मरी नहीं, त्रिवेणी के मेले में गई थी। आज से बीस साल हुए, जब मैं पत्नी के साथ त्रिवेणी स्नान के लिए प्रयाग गया था। वहीं सुखदा खो गई थी। उस समय कोई चार साल की रही होगी। बहुत ढूंढा, पर

कुछ पता नहीं चला। उसकी माता उसके वियोग में स्वर्ग सिधारी। मैं भी बरसों तक पागल सा बना रहा। अंत में सब्र करके बैठा रहा।'

अहिल्या ने सामने आकर नि:संकोच भाव से कहा – 'मैं भी तो त्रिवेणी के स्नान में खो गई थी। आगरा की सेवा समिति वालों ने मुझे कहीं रोते पाया और मुझे आगरा ले गए। बाबू यशोदा नंदन ने मेरा पालन पोषण किया।'

राजा – 'तुम्हारी क्या उम्र होगी बेटी?'

अहिल्या – 'चौबीसवां लगा है।'

राजा – 'तुम्हें अपने घर की कुछ याद है। तुम्हारे द्वारे किसका पेड़ था?'

अहिल्या – 'शायद बरगद का पेड़ था। मुझे याद आता है कि मैं उसके गोदे चुनकर खाया करती थी।'

राजा – 'अच्छा तुम्हारी माता कैसी थी? कुछ याद आता है!'

अहिल्या – 'हाँ, याद क्यों नहीं आता। उनका सांवला रंग था, दुबली पतली लेकिन बहुत लंबी थी। दिन भर पान खाती रहती थी।'

राजा – 'घर में कौन-कौन लोग थे?'

अहिल्या – 'मेरी एक बुढ़िया दादी थी, जो मुझे गोद में लेकर कहानी सुनाया करती थी। एक नौकर था, जिसके कंधे पर मैं रोज़ सवार हुआ करती थी। द्वार पर एक बड़ा सा घोड़ा बंधा रहता था। मेरे द्वार पर एक कुआं था और पिछवाड़े एक बुढ़िया चमारिन का मकान था।'

राजा ने सजल नेत्र होकर कहा – 'बस बस बेटी आ, तुझे छाती से लगा लूं। मैं बालक को देखते ही ताड़ गया था। मेरी सुखदा मिल गई। मेरी सुखदा मिल गई।'

चक्रधर – 'अभी शोर न कीजिए। संभव है आपको भ्रम हो रहा हो।'

राजा – 'ज़रा सा भी नहीं, जरा सा भी नहीं। मेरी सुखदा यही है। इसने जितनी बातें बताई, सब ठीक है। मुझे लेश मात्र भी संदेह नहीं। आह! आज तेरी माता होती, तो उसे कितना आनंद होता। क्या लीला है भगवान की। मेरी सुखदा घर बैठे ही मेरी गोद में आ गई। ज़रा सी थी, बड़ी होकर आई। अरे! मेरा शोक संताप हरने को एक बालक भी लाई। आओ भैया चक्रधर, तुम्हें छाती से लगा लूं। आज तक तुम मेरे मित्र थे, आज से पुत्र हो। याद है, मैंने तुम्हें जेल भिजवाया था। नोरा, ईश्वर की लीला देखी, सुखदा घर में थी और मैं उसके नाम को रो बैठा। अब मेरी अभिलाषा पूरी हो गई। जिस बात की आधा तक मिट गई थी, वह आज पूरी हो गई।'

यह कहते हुए राजा साहब उसी आवेश से दीवान खाने में जा पहुँचे। द्वार पर अभी तक कंगालों की भीड़ लगी हुई थी। दो चार अमले अभी तक बैठे दफ्तर में काम कर रहे थे। राजा साहब ने बच्चे को कंधे पर बिठाकर उच्च स्वर में कहा – 'मित्रों! यह देखो, ईश्वर की असीम

कृपा से मेरा नवासा घर बैठे मेरे पास आ गया। तुम लोग जानते हो कि बीस साल हुए, मेरी पुत्री सुखदा त्रिवेणी के स्नान में को गई थी। वही सुखदा आज मुझे मिल गई और यह बालक उसी का पुत्र है। आज से तुम लोग इसे अपना युवराज समझो। मेरे बाद यही मेरी रियासत का स्वामी होगा। गार्ड से कह दो, अपने युवराज को सलामी दे। नौबत खाने में कह दो, नौबत बजे। आज के सातवें दिन राजकुमार का अभिषेक होगा। अभी से उसकी तैयारी शुरू करो।'

यह हुक्म देकर राजा साहब ठाकुर द्वारे में का पहुँचे। वहाँ इस समय ठाकुर जी के भोग की तैयारियाँ हो रही थी। साधु संतों की मंडली जमा थी।

पुजारी जी ने कहा – 'भगवान राजकुंवर को चिरंजीव करे।'

राजा ने अपनी हीरे की अंगूठी उसे दे दी। एक बाबाजी को इसी आशीर्वाद के लिए सौ बीघे जमीन मिल गई। ठाकुर द्वारे से जब वह घर आये, तो देखा कि चक्रधर आसन पर बैठे भोजन कर रहे हैं और मनोरमा सामने खड़े खाना परोस रही है। उसके मुख मंडल पर हार्दिक उल्लास की जानती झलक रही थी। कोई यह अनुमान भी न कर सकता था कि यह वही मनोरमा है, जो अभी कुछ देर पहले मृत्यु शैया पर पड़ी हुई थी।

✠✠✠

अध्याय 19

राजा विशाल सिंह ने इधर कई साल से राजकाज छोड़ रखा था। मुंशी वज्रधर और दीवान साहब की चढ़ बनी थी। प्रजा के सुख दुख की चिंता अगर किसी को थी, तो मनोरमा को थी। राजा साहब के सत्य और न्याय का उत्साह ठंडा पड़ गया था। मनोरमा को पाकर उन्हें किसी चीज की सुधि न थी, लेकिन इस बालक ने आकर राजा साहब के जीवन में एक नए उत्साह का संचार कर दिया। अब तक उनके जीवन का कोई लक्ष्य न था। मन में प्रश्न होता था कि किसके लिए करूं? अब जीवन का लक्ष्य मिल गया था। फिर वह राज काज से क्यों विरक्त रहते? मुंशीजी अब तक तो दीवान साहब से मिल कर अपना स्वार्थ साधते रहते थे; पर अब वह हर किसी को गिनने लगे थे। ऐसा मालूम होता था कि अब वही राजा हैं। दीवान साहब अगर मनोरमा के पिता थे, तो मुंशीजी राजकुमार के दादा थे। फिर दोनों में कौन दबता? कर्मचारियों पर कभी ऐसी फटकारें न पड़ी थीं। मुंशीजी को देखते ही बेचारे थर-थर कांपने लगते थे। अगर कोई अमला उनके हुक्म की तामील करने में देर करता, तो जामे से बाहर हो जाते। बात पीछे करते, निकालने की धमकी पहले देते।

सुनने वालों को ये बात ज़रूर बुरी मालूम होती थी। चक्रधर के कानों में कभी ये बात पड़ जाती, तो यह जमीन में गड़ से जाते थे। वह आजकल मुंशीजी से बहुत कम बोलते थे। अपने घर भी केवल एक बार गए थे। वहाँ माता की बातें सुनकर उनकी फिर आने की इच्छा न होती थी। मित्रों से मिलना जुलना उन्होंने बहुत कम कर दिया था। वास्तव में यहाँ का जीवन उनके लिए असह्य हो गया था। वह फिर अपने शांति कुटीर को लौट जाना चाहते थे। यहाँ आए दिन कोई न कोई बड़ी बात हो ही जाती थी, जो दिन भर उनके चित्त को व्यग्र करने को काफ़ी होती थीं। कहीं कर्मचारियों में जूती पैजार होती थी, कहीं गरीब आसामियों पर डांट-फटकार, कहीं रनिवास में रगड़-झगड़ होती थी, तो कहीं इलाकों में दंगा फसाद। उन्हें स्वयं कभी कर्मचारियों को तम्बीह करनी पड़ती। इस बार उन्हें विवश होकर नौकरों को मारना भी पड़ा था। सबसे कठिन समस्या यही थी कि उनके पुराने सिद्धांत भंग होते चले जाते थे। वह बहुत चेष्टा करते थे कि मुँह से कोई अशिष्ट शब्द न निकले, पर प्रायः नित्य ही ऐसे अवसर पड़ते थे कि उन्हें विवश होकर दंड नीति का आश्रय लेना ही पड़ता था।

लेकिन अहिल्या इस जीवन का चरम सुख भोग रही थी। बहुत दिनों तक दुख भोगने के बाद उसे यह सुख मिला था और वह उनमें मग्न थी। अपने पुराने दिन उसे बहुत जल्दी

भूल गए और उनकी याद दिलाने से उसे दुख होता था। उसका रहन साहब सबकुछ बहुत बदल गया था। वह अच्छी खासी अमीरजादी बन गई थी।

अब चक्रधर अहिल्या से अपने मन की बातें कभी न कहते थे। यह संपदा उसका सर्वनाश किए डालती थी। क्या अहिल्या यह दुख विलास छोड़ कर मेरे साथ चलने को राजी होगी। उन्हें शंका होती थी कि कहीं वह इस प्रस्ताव को हँसी में न उड़ा दे या मुझे रुकने पर मजबूर न करे। इसी प्रकार के प्रश्न चक्रधर के मन में उठते रहते थे और वह किसी भांति अपने कर्तव्य का निश्चय न कर पाते थे। केवल एक बात निश्चित थी – वह इन बंधनों में पड़कर अपना जीवन नष्ट न करना चाहते थे। संपत्ति पर अपने सिद्धांतों को भेंट न कर सकते थे।

एक दिन चक्रधर मोटर पर हवा खाने निकले। गर्मी के दिन थे। जी बेचैन था। हवा लगी, तो देहात की ओर जाने का की चाहा। बढ़ते ही गए, यहाँ तक कि अंधेरा हो गया। शोफर को साथ न लिया था। ज्यों ज्यों आगे बढ़ते थे, सड़कें खराब आती जाती थीं। सहसा उन्हें रास्ते में एक बड़ा सांड दिखाई दिया। उन्होंने बहुत शोर मचाया, पर सांड न हटा। जब समीप आने पर भी सांड राह में ही खड़ा रहा, तो उन्होंने कतराकर निकल जाना चाहा। पर सांड सिर झुकाये 'फों-फ़ों' करता फिर सामने आ खड़ा हुआ। चक्रधर छड़ी हाथ में लेकर उतरे कि उसे भगा दें, पर वह भागने के बदले उनके पीछे दौड़ा। कुशल यह हुई कि सड़क के किनारे एक पेड़ मिल गया। जी छोड़ कर भागे और छड़ी फेंक पेड़ की एक शाखा पकड़ कर लटक गए। सांड एक मिनट तक तो पेड़ से टक्कर लेता रहा; पर जब चक्रधर न मिले, तो वह मोटर के पास चला आया और उसे सींगों से पीछे की ओर ठेलता हुआ दौड़ा। कुछ दूर के बाद मोटर सड़क से हटकर एक वृक्ष से टकरा गई। अब सांड पूंछ उठा उठा कर कितना ही जोर मारता है, पीछे हट-हट कर उसमें टक्करें मारता है, पर वह जगह से नहीं हिलती। तब उसने बगल में जाकर इतनी ज़ोर से टक्कर लगाई कि मोटर उलट गई। फिर भी सांड ने उसका पिंड न छोड़ा। कभी उसके पहियों से टक्कर लेता, कभी पीछे की ओर ज़ोर लगाता। मोटर के पहिए फट गये, कई पुर्जे टूट गये, पर सांड बराबर उस पर आघात किया जाता था।

सांड ने जब देखा कि शत्रु की धज्जियाँ उड़ गई और अब वह शायद फिर न उठ सके, तो डकारता हुए एक तरफ को चला गया। तब चक्रधर नीचे को उतरे और मोटर के समीप जाकर देखा, तो वह उल्टी पड़ी हुई थी। जब तक सीधी न हो जाये, तब तक कैसे पता चले कि क्या-क्या चीजें टूट गई और अब वह चलने योग्य है या नहीं। अकेले मोटर को सीधी करना एक आदमी का काम न था। पूर्व की ओर थोड़ी ही दूर पर एक गाँव था। चक्रधर उसी तरफ चले। वह बहुत छोटा सा पुरवा था। किसान लोग अभी थोड़ी ही देर पहले ऊख की सिंचाई करके आए थे। कोई बैलों को पानी सानी दे रहा था, कोई खाने जा रहा था, कोई गाय दुह रहा था। सहसा चक्रधर ने जाकर पूछा – 'यह कौन सा गाँव है?'

एक आदमी ने जवाब दिया – 'भैसोर!'

चक्रधर – 'किसका गाँव है?'

किसान – 'महाराज का! कहीं से आते हो।'

चक्रधर – 'हम महाराज के यहाँ से ही आते हैं। वह बदमाश सांड किसका है, जो इस वक़्त सड़क पर घूमा करता है।'

किसान – 'यह तो नहीं जानते जनाब, पर उसके मारे नाको दम है।'

चक्रधर ने सांड के आक्रमण का ज़िक्र करके कहा – 'तुम लोग मेरे साथ चलकर मोटर को उठा दो।'

इस पर दूसरा किसान अपने द्वार से बोला – 'सरकार! भला रात को मोटर उठाकर क्या कीजियेगा? वह चलने लायक तो होगी नहीं।'

चक्रधर – 'तो तुम लोगों को उसे ठेलकर ले चलना होगा।'

पहला किसान – 'सरकार रात भर यहीं ठहरें, सवेरे चलेंगे। न चलने लायक होगी, तो गाड़ी पर लादकर पहुँचा देंगे।'

चक्रधर ने झल्लाकर कहा – 'कैसी बातें करते हो जी! मैं रात भर यहाँ पड़ा रहूंगा। तुम लोगों को इसी वक़्त चलना होगा।'

चक्रधर को उन आदमियों में से कोई न पहचानता था। समझे, राजाओं के यहाँ सभी तरह के लोग आते-जाते हैं, होंगे कोई। फिर वे सभी जाति से ठाकुर थे और ठाकुर से सहायता के नाम पर जो काम चाहे ले लो, बेगार के नाम पर उनकी त्योरियाँ बदल जाती हैं।

किसान ने कहा – 'साहब! इस बखत तो हमारा जाना न होगा। अगर बेगार चाहते हो, तो वह उत्तर की ओर दूसरा गाँव है, वहाँ चले जाइये। बहुत चमार मिल जायेंगे।'

यह कहकर वह घर में जाने लगा।

चक्रधर को ऐसा क्रोध आया कि उसके हाथ पकड़कर घसीट लूं और ठोकर मारते हुए के चलूं, मगर उन्होंने जब्त करते हुए कहा – 'मैं सीधे से कहता हूँ, तो तुम लोग उड़नघाईयाँ बताते हो। अभी कोई चपरासी आकर दो घुड़कियाँ जमा देता, तो सारा गाँव भेड़ की भांति उसके पीछे चला जाता।'

किसान वहीं खड़ा हो गया और बोला – 'सिपाही क्यों घुड़कियां जमायेगा, कोई चोर हैं। हमारी खुशी, नहीं जाते। आपको जो करना है, कर लीजियेगा।'

चक्रधर से जब्त न हो सका। छड़ी हाथ में थी ही, वह बाज़ की तरह किसान पर टूट पड़े और धक्का देकर कहा – 'चलता है या जमाऊं दो चार हाथ। तुम लात के आदमी भला बात से क्यों मानने लगे?'

चक्रधर कसरती आदमी थे। किसान धक्का खाकर गिर पड़ा। यों वह भी करारा आदमी था। उलझ पड़ता, तो चक्रधर आसानी से उसे न गिरा सकते, पर यह रौब में आ

गया। सोचा, कोई हकीम है, नहीं तो उसकी हिम्मत न पड़ती कि हाथ उठाए। संभलकर उठने लगा। चक्रधर ने समझा शायद यह उठकर मुझ पर वार करेगा। लपककर फिर एक धक्का दिया। सहसा सामने वाले घर से एक आदमी लालटेन लेकर निकल आया और चक्रधर को देखकर बोला – 'अरे भगत जी! तुमने यह भेष कबसे धारण किया। मुझे पहचानते हो, हम भी तुम्हारे साथ जेल में थे।'

चक्रधर उसे तुरंत पहचान गये। यह उनका जेल का साथी धन्ना सिंह था। चक्रधर का सारा क्रोध हवा हो गया। लजाते हुए बोले, "क्या तुम्हारा घर इसी गाँव में है धन्ना!"

धन्ना सिंह – 'हाँ साहब! यह आदमी जिसे आप ठोकरें मार रहे हैं, मेरा सगा भाई है। खाना खा रहा था। खाना खाकर जब तक उठे, तब तक तो गरमा ही गये। तुम्हारा मिजाज़ इतना कड़ा कबसे हो गया। कहां तो दरोगा को बचाने के लिए अपनी छाती पर संगीन रोक ली थी, कहां आज ज़रा सी बात पर इतने तेज पड़ गये। '

चक्रधर पर घड़ों पानी पड़ गया। वे अपनी सफ़ाई में एक शब्द भी न बोल सके। उनके जीवन की सारी कमाई, जो उन्होंने न जाने कौन-कौन से कष्ट सहकर बटोरी थी, यहीं लुट गई।

धन्ना सिंह ने अपने भाई को हाथ पकड़ कर बैठाना चाहा, तो वह ज़ोर से 'हाय हाय' कहके चिल्ला उठा। दूसरी बार गिरते समय उसका दाहिना हाथ उखड़ गया था। धन्ना सिंह ने समझा उसका हाथ टूट है। चक्रधर के प्रति उसकी रही सही भक्ति भी गायब हो गई। उनकी ओर आरक्त नेत्रों से देखकर बोला – 'सरकार आपने तो इनका हाथ ही तोड़ दिया। (ओंठ चबाकर) क्या करें अपने द्वार पर आए हो और कुछ पुरानी बातों का खयाल है, नहीं तो इस समय क्रोध ऐसा आ रहा है कि इसी तरह तुम्हारे हाथ भी तोड़ दूं। अभी जाकर महाराज के द्वार पर फरियाद करें, तो तुम खड़े खड़े बंध जाओ। बाबू चक्रधर सिंह का नाम तो तुमने सुना होगा, अब किसी सरकारी आदमी की मजाल नहीं कि बेगार के सकें, तुम बेचारे किस गिनती में हो। तुम्हारे ही उपदेश में मेरी पुरानी आदत छूट गई। गांजा और चरस तभी छोड़ दिया, जुएं के बगीचे नहीं जाता। जिस लाठी से सैकड़ों सिर फोड़ डाले, अब वह टूटी हुई पड़ी है। मुझे तो तुमने यह उपदेश दिया और आप लगे गरीबों को कुचलने। मन्ना सिंह ने इतना ही न कहा था कि रात को यहीं ठहर जाओ, सवेरे हम तुम्हारी मोटर को पहुँचा देंगे। इसमें क्या बुराई थी।'

चक्रधर ने ग्लानि वेदना से व्यथित स्वर में कहा – 'धन्ना सिंह! मैं बहुत लज्जित हूं। मुझे क्षमा करो। जो दंड चाहे, दो; मैं सिर झुकाये हुए हूँ, ज़रा भी सिर न हटाऊंगा, एक शब्द भी मुँह से न निकालूंगा।'

यह कहते कहते उनका गला फंस गया। धन्ना सिंह भी गदगद हो गया। बोला – 'अरे भगत जी! ऐसी बातें न कहो। भैया, भाई का नाता बड़ा गहरा होता है। भाई चाहे अपना शत्रु

भी हो, लेकिन कौन आदमी है, जो भाई को मार खाते देखकर क्रोध को रोक सके। मुझे अपना वैसा ही दास समझो, जैसा जेल में समझते थे। तुम्हारी मोटर कहाँ है? चलो मैं उठाए देता हूँ, हुक्म हो तो गाड़ी जोत दूं।'

चक्रधर ने रोककर कहा – 'जब तक इसका हाथ अच्छा न हो जायेगा, तब तक मैं कहीं न जाऊंगा धन्ना सिंह। हाँ, कोई ऐसा आदमी मिले जो यहाँ से जगदीशपुर जा सके, तो उसे मेरी चिट्ठी दे दो।'

धन्ना सिंह – 'जगदीशपुर में तुम्हारा कौन है भैया? क्या रियासत में नौकर हो गए हो?'

चक्रधर – 'नौकर नहीं हूँ। मैं मुंशी वज्रधर का बेटा हूँ।'

धन्ना सिंह ने विस्मृत होकर कहा – 'सरकार ही बाबू चक्रधर सिंह हैं। धन्य भाग थे कि सरकार के आज दरसन हो गये।'

इतना कहते हुए वह दौड़कर घर में गया और एक चारपाई लाकर द्वार पर डाल दी। फिर लपककर गाँव में खबर दे आया। एक क्षण में गाँव के सब आदमी आकर चक्रधर को नजरें देने लगे। चारों ओर हलचल सी मच गई। सबके सब उनके यश गाने लगे। जबसे सरकार आए हैं, हमारे दिन फिर गए हैं। आपका शील स्वभाव जैसा सुनते थे, वैसा ही पाया। आप साक्षात भगवान हैं।

धन्ना सिंह – 'मैंने तो पहचाना ही नहीं था। क्रोध में जाने क्या क्या बक गया।'

दूसरा ठाकुर बोला – 'सरकार अपने को खोल देते, तो हम मोटर को कंधे पर लादकर ले चलते।'

चक्रधर को इन ठकुरसुहाती बातों में जरा भी आनंद न आता था। उन्हें उन पर दया आ रही थी। वही प्राणी, जिन्हें उन्होंने अपने कोप का लक्ष्य बनाया था, उनके शौर्य और शक्ति की प्रशंसा कर रहा था। अपमान को निगल जाना चरित्र पतन की अंतिम सीमा है। और यही खुशामद सुनकर हम लट्टू हो जाते हैं। जिस वस्तु से घृणा होनी चाहिए। हम उस पर फूल नहीं समाते। चक्रधर को अब आश्चर्य हो रहा था कि मुझे इतना क्रोध आया कैसे? आज उन्हें अनुभव हुआ कि रियासत की बू कितनी गुप्त और अलक्षित रूप से उनमें समाती जा रही है, कितने गुप्त और अलक्षित रूप से उनकी मनुष्यता, चरित्र और सिद्धांत का ह्रास हो रहा है।

चक्रधर को रात भर नींद न आई। उन्हें बार बार पश्चाताप होता था कि मैं क्रोध के आवेग में क्यों आ गया? जीवन में यह पहला ही अवसर था, जब उन्होंने एक निर्बल प्राणी पर हाथ उठाया था। जिसका समस्त जीवन दीन जनों की सहायता में गुजरा हो, उसकी यह कायापलट नैतिक पतन से कम नहीं थी।

चक्रधर तो इस विचार में पड़े हुए थे। अहिल्या अपने सजे हुए शयनगार में मखमली गद्दों पर लेटी अंगड़ाइयाँ ले रही थी। जब चक्रधर ने कमरे में कदम रखा, तो अहिल्या त्योरियाँ चढ़ाकर बोली – 'अब तो रात रात भर आपके दर्शन नहीं होते।'

चक्रधर – 'तुम्हें कुछ खबर भी है। आधे घंटे तक तुम्हें जगाता रहा, जब तुम न जागी, तो चला गया। यहाँ आकर तुम सोने में कुशल हो गई हो।'

अहिल्या – 'क्या मैं सचमुच बहुत सोती हूँ?'

चक्रधर – 'अच्छा अभी तुम्हें उस पर संदेह भी है। घड़ी में देखो। आठ बज गए हैं। तुम पांच बजे उठकर घर का धंधा करने लगती थी।'

अहिल्या – 'तब की बात जाने दो। अब उतने सवेरे उठने की जरूरत ही क्या है?'

चक्रधर – 'तो क्या तुम उम्र भर यहाँ मेहमानी खाओगी?'

अहिल्या ने विस्मित होकर कहा – 'इसका क्या मतलब?'

चक्रधर – 'इसका मतलब यही है कि हमें यहाँ आए बहुत दिन गुजर गए हैं। अब अपने घर चलना चाहिए।'

अहिल्या – 'अपना घर कहाँ है?'

चक्रधर – 'अपना घर वही है, जहाँ अपने हाथों की कमाई है। ससुराल की रोटियाँ बहुत खा चुका। खाने में तो वह बहुत मीठी मालूम होती हैं, पर उससे बुद्धि भ्रष्ट हो जाती है। इतने ही दिनों में हम दोनों कुछ में कुछ हो गये। यहाँ कुछ दिन और रहा, तो कम से कम मैं तो कहीं का न रहूंगा। कल मैंने एक गरीब किसान को मारते मारते अधमरा कर दिया। उसका कसूर केवल इतना था कि वह मेरे साथ आने को राज़ी न होता था।'

अहिल्या – 'यह कोई बात नहीं। गंवारों के उज्जड़पन पर क्रोध आ ही जाता है। मैं यहाँ दिन भर लौंडियों पर झल्लाती रहती हूँ। मगर मुझे तो कभी ये खयाल ही नहीं आया कि घर छोड़कर भाग जाऊं।'

चक्रधर – 'तुम्हारा घर है। तुम रह सकती हो। लेकिन मैंने तो जाने का निश्चय कर लिया है।'

अहिल्या ने अभिमान से सिर उठाकर कहा – 'तुम न रहोगे, तो मुझे यहाँ रहकर क्या लेना है। मेरे राज़ पाट तो तुम हो। जब तुम ही न रहोगे, तो अकेले पड़ी-पड़ी मैं क्या करूंगी? जब चाहे चलो, हाँ पिताजी से पूछ लो। उनसे बिना पूछे जाना तो उचित नहीं। मगर एक बात अवश्य कहूंगी। हम लोगों के जाते ही यहाँ का सारा कारोबार चौपट हो जायेगा। रियासत रेजबार हो जायेगी और एक दिन बेचारे लल्लू को ये सब पापड़ बेलने पड़ेंगे।'

चक्रधर समझ गए कि मैं आग्रह करूं, तो यह मेरे साथ जाने को राज़ी हो जायेगी। जब ऐश्वर्य और पतिप्रेम दो में से एक को लेने और दूसरे को त्याग देने की समस्या पड़ जायेगी, तो अहिल्या किस ओर झुकेगी, इसमें लेशमात्र भी संदेह नहीं था; लेकिन वह उसे कठोर घोर संकट में डालना उचित न समझते थे। आग्रह से विवश हो कर यह उनके साथ चली ही गई, तो क्या! जब उसे कोई कष्ट होगा, तो मन ही मन झुंझलायेगी और बात बात पर कुढ़ेगी और लल्लू को यहाँ छोड़ना ही पड़ेगा। मनोरमा उसे एक क्षण के लिए भी नहीं छोड़ सकती। राजा

साहब तो उसके वियोग में प्राण त्याग दें। पुत्र को छोड़ कर अहिल्या कभी जाने को तैयार न होगी और हो भी गई, तो बहुत जल्द लौट आयेगी।

चक्रधर बड़ी देर तक इन्हीं विचारों में मग्न बैठे रहे। अंत में उन्होंने बिना किसी से कहे सुने चले जाने का संकल्प किया। इसके सिवाय गला छुड़ाने का कोई उपाय न सूझता था।

चक्रधर ने अपने कमरे में जाकर दो-चार कपड़े और किताबें समेटकर रख दीं। कुछ इतना ही सामान था, जिसे एक आदमी आसानी से हाथ में लटकाए लिए जा सकता था। उन्होंने रात को चुपके से बकुचा उठाकर ले जाने का निश्चय किया।

यात्रा की तैयारी करके और अपने मन को अच्छी तरह समझाकर चक्रधर अपने शयनागार में सोने का बहाना करने लगे। वह चाहते थे कि यह से जाए, तो मैं अपना बाकुचा उठाऊं और लंबा हो जाऊं। मगर निंद्रा विलासिनी अहिल्या की आँखों से आज नींद कोसों दूर थी। वह कोई न कोई प्रसंग छेड़कर बातें करती जाती थीं। यहाँ तक कि जब आधी रात से अधिक बीत गई, तो चक्रधर ने कहा – 'भई, अब मुझे सोने दो। आज तुम्हारी नींद कहाँ भाग गई?'

उन्होंने चादर ओढ़ ली और मुँह फेर लिया। गर्मी के दिन थे। कमरे में पंखा चल रहा था। फिर भी गर्मी मालूम होती थी। रोज किवाड़ खुले रहते थे। जब अहिल्या को विश्वास हो गया कि चक्रधर दो गए, तो उसने दरवाजे अंदर से बंद कर दिए और बिजली की बत्ती ठंडी करके सोई। आज वह न जाने क्यों इतनी सावधान हो गई थी। पगली! जाने वालों को किसने रोका है।

रात बीत चुकी थी। अहिल्या को नींद आते देर न लगी। चक्रधर का प्रेम कातर हृदय अहिल्या के यों सावधान होने पर एक बार विचलित हो उठा। वे अपने आंसुओं के वेग को न रोक सके। यह सोचकर उनका कलेजा फटा जाता था कि जब प्रातःकाल वह मुझे न पायेगी, तो क्या दशा होगी।

चारों ओर सन्नाटा छाया था। सारा राज भवन शांति में विलीन हो रहा था। चक्रधर ने उठकर द्वारों को टटोलना शुरू किया। पर ऐसा दिशा भ्रम हो गया था कि द्वारों का ज्ञान न हुआ। आखिर उन्होंने दीवारों को टटोल टटोलकर बिजली का बटन खोज निकाला और बत्ती जला दी। चुपके से बाहर के कमरे में आए, अपना हैंडबैग निकाला और बाहर निकले।

बाहर आकर चक्रधर ने राजभवन की ओर देखा। असंख्य खिड़कियों और दरीचों से बिजली का दिव्य प्रकाश दिखाई दे रहा था। उन्हें वह दिव्य भवन सहस्त्र नेत्रों वाले पिशाच की भक्ति जान पड़ा, जिसने उनका सर्वनाश कर दिया था। वह कदम बढ़ाते हुए आगे चले। वह दिन निकलते के पहले इतनी दूर निकल जाना चाहते थे कि फिर कोई उन्हें पा ना सके। दिन निकलने में अब बहुत देर न थी। तारों की ज्योति मंद हो चली। चक्रधर ने और तेजी से कदम बढ़ाया।

सहसा उन्हें सड़क के किनारे एक कुएं के पास का कई आदमी बैठे दिखाई दिए। उनके बीच में एक लाश हुई थी। कई आदमी लकड़ी के कुंदे लिए पीछे आ रहे थे। चक्रधर पूछना चाहते थे – कौन मर गया है? धन्ना सिंह की आवाज पहचान कर वह सड़क पर ही ठिठक गए। इसने पहचान लिया तो बड़ी मुश्किल होगी।

धन्ना सिंह कह रहा था, 'कजा आ गई, तो कोई क्या कर डाक्टर है? बाबू जी के हाथ में कोई डंडा भी तो न था। दो चार घूंसे मारे होंगे और क्या। मगर उस दिन से फिर उठा नहीं।'

दूसरे आदमी ने कहा – 'ठांव-कुठांव की बात है। मन्ना भाई को कुठांव चोट लग गई।'

धन्ना सिंह – 'बाबूजी सुनेंगे, तो उन्हें बहुत रंज होगा। जेल में हम लोग उन्हें भगत जी कहा करते थे।'

एक बूढ़ा आदमी बोला – 'भैया, जेल की बात दूसरी थी। तब दयावान रहे होंगे। राज पाकर दयावान रहें, तो जाने।'

धन्ना सिंह – 'बाबा! वह राज पाकर फूल उठने वाले आदमी नहीं। तुमने देखा, यहाँ से जाते ही जाते माफी दिला दी।'

बूढ़ा – 'अरे पागल! जान का बदला कभी माफ़ी से चुकता है। तुम बाबूजी को दयावान कहते हो, मैं तो उन्हें सौ हत्यारों का एक हत्यारा कहता हूँ। राजा हैं, इससे बचे जाते हैं। दूसरा होता, तो फांसी पर लटकाया जाता।'

चक्रधर वहाँ एक क्षण भी और खड़े न रह सके। उन आदमियों के सामने जाने की हिम्मत न रही।

पांच साल गुजर गये। पर चक्रधर का कुछ पता नहीं। फिर यही गर्मी के दिन हैं। दिन को लू चलती है, रात को अंगारे बरसते हैं। मगर अहिल्या को न अब पंखे की जरूरत है न खस की टट्टियों की। उस वियोगिनी को अब रोने के सिवाय दूसरा काम नहीं है। वह अपने को बार-बार देख करती है कि वह चक्रधर के साथ क्यों न चली गई।

शंखधर उनसे पूछता रहता है – 'अम्मा बापू जी कब आयेंगे? वह क्यों चले गए अम्मा जी?' रानी अम्मा कहती हैं – वह आदमी नहीं देवता हैं। फिर तो लोग उनकी पूजा करते होंगे। अहिल्या के पास इन प्रश्नों का उत्तर रोने के सिवाय का कुछ नहीं था। शंखधर कभी-कभी अकेले बैठकर रोता है। कभी-कभी अकेले सोचा करता है पिताजी कैसे आयेंगे?

शंकधर का जी अपने पिता की कीर्ति सुनने से कभी न भरता। मैं रोज अपनी दादी के पास जाता है और उनकी गोद में बैठा हुआ घंटों उनकी बातें सुना करता है। निर्मला दिन भर उनकी राह देखा करती है। उसे देखते ही निहाल हो जाती है। शंखधर ही अब उसके जीवन का आधार है। अहिल्या का मुँह भी अब वह नहीं देखना चाहती।

मुंशीजी का रियासत की तरफ से एक हजार रूपये वजीफा मिलता है। राजा साहब ने उन्हें रियासत के कामों से मुक्त कर दिया है। इसीलिए मुंशीजी अब अधिकांश घर पर ही

रहते हैं। शराब की मात्रा तो धन के साथ नहीं बढ़ी बल्कि और घट गई है। लेकिन संगीत प्रेम बढ़ गया है। उनके लिए सबसे आनंद का समय वह होता है, जब वह शंखधर को गोद में लिए मोहल्ले भर के बालकों को पैसे बांटने लगते हैं। इससे बड़ी खुशी की वह कल्पना ही नहीं कर सकते।

एक दिन शंखधर नौ बजे ही पहुँचा। निर्मला उस समय स्नान करके तो उसी को जल चढ़ा रही थी। जब जल चढ़ाकर आई तो शंखधर ने पूछा – 'दादी जी! तुम पूजा क्यों करती हो?'

निर्मला लेशन कदर को गोद में लेकर कहा – 'बेटा भगवान से मनाती हूँ कि मेरी मनोकामना पूरी करें।'

शंखधर – 'भगवान सबके मन की बात जानते हैं।'

निर्मला – 'हाँ बेटा भगवान सब कुछ जानते हैं।'

दूसरे दिन प्रात काल शंकधर ने स्नान किया। लेकिन स्नान करके वह जलपान करने ना आया। न जाने कहाँ चला गया। अहिल्या इधर-उधर देखने लगी, कहाँ चला गया। मनोरमा के पास आकर देखा, वहाँ भी न था। अपने कमरे में भी ना था, छत पर भी ना था। दोनों रमणियां घबराई कि स्नान करके कहाँ चला गया।

लौंडिया से भी पूछा तो उन सबों ने कहा हमने तो उन्हें नहाकर आते देखा। फिर कहाँ चले गए, यह हमें मालूम नहीं। चारों ओर होने लगी। दोनों बगीचे की ओर दौड़ी गई। वह भी वह न दिखाई दिया। ऐसा बगीचे के पल्ले सिरे पर, जहाँ दिन में भी सन्नाटा रहता है, उसकी झलक दिखाई दी। दोनों चुपके-चुपके वहाँ गई और एक पेड़ की आड़ में खड़ी होकर देखने लगी। शंकर तुलसी के चबूतरे के सामने आसन मारे आंखें बंद किए ध्यान सा लगाए बैठा था। उसके सामने कुछ फूल पड़े हुए थे।

एक क्षण के लिए उसने आँखें खोली, तुलसी के चबूतरे कि कई बार परिक्रमा की और तुलसी की वंदना करके धीरे से उठा। दोनों महिलायें ओट से निकलकर उसके सामने खड़ी हो गई। शंखधर उन्हें देखकर कुछ लज्जित सा हो गया और बिना कुछ बोले आगे बढ़ा।

मनोरमा – 'वहाँ क्या करते थे बेटा?'

शंखधर – 'कुछ तो नहीं। ऐसे ही घूमता था।'

मनोरमा – 'नहीं, कुछ तो कर रहे थे।'

शंकधर – 'जाइए आप से क्या मतलब?'

अहिल्या – 'तुम्हें ना बतायेंगे...मैं इसकी अम्मा हूँ...मुझे बता देगा। मेरा लाल मेरी कोई बात नहीं टालता। हाँ बेटे, बताओ क्या कर रहे थे? मेरे कान में कह दो। मैं किसी से न कहूंगी।'

शंखधर ने आँखों में आँसू भरकर कहा – 'कुछ नहीं, मैं बाबूजी के जल्दी से लौट आने की प्रार्थना कर रहा था। भगवान पूजा करने से सबकी मनोकामना पूरी करते हैं।'

सरल बालक की है पितृभक्ति और श्रद्धा देखकर दोनों महिलायें रोने लगी। इस बेचारे को कितना दुख है।

शंखधर ने फिर पूछा – 'क्यों माँ तुम बाबूजी के पास कोई चिट्ठी क्यों नहीं लिखती?'

अहिल्या ने कहा – 'कहाँ लिखूं बेटा? उनका पता भी तो नहीं जानती।'

✠✠✠

अध्याय 20

इधर कुछ दिनों से लौंगी तीर्थ करने चली गई। गुरुसेवक सिंह की वजह से उसके मन में यह धर्मोत्साह हुआ था। जबसे वह गई थी, दीवान साहब दीवाने हो गए थे। यहाँ तक कि गुरुसेवक सिंह को भी कभी-कभी यह मानना पड़ता था कि लौंगी का घर में होना पिताजी की रक्षा के लिए ज़रूरी है। घर में अब कोई नौकर एक सप्ताह से ज्यादा न टिकता था। कितने ही पहली फटकार में छोड़कर भागते थे। शराब की मात्रा नहीं दिनों-दिन बढ़ती जाती थी, जिससे भय होता था कि कोई भयंकर रोग न खड़ा हो जाये। भोजन अब वह बहुत थोड़ा करते थे। लौंगी दिन भर में दो-चार सेर उनके पेट में भर दिया करती थी, आधा पाव के लगभग घी भी किसी तरह पहुँचा दिया करती थी। इस कला में वह निपुण थी। पति की सेवा का अमर सिद्धांत, जो चालीस साल की सेवा के उपरांत भोजन को योजना ही पर विशेष आग्रह करता है, सदैव उसकी आँखों के सामने रहता था। ठाकुर साहब अब लौंगी की सूरत भी नहीं देखना चाहते थे। इसी आशय के पत्र उनको लिखा करते थे। हर एक पत्र में वह अपने स्वास्थ्य का विवरण अवश्य किया करते थे। उनकी पाचन शक्ति अब बहुत अच्छी हो गई थी। रुधिर के बढ़ जाने से जितने रोग उत्पन्न होते थे, उनकी अब कोई संभावना न थी।

दीवान साहब की पाचन शक्ति अब अच्छी हो गई थी, पर विचार शक्ति तो ज़रूर क्षीण हो गई थी। निश्चय करने की अब उनमें कोई सामर्थ्य न थी। ऐसी ऐसी गलतियाँ करते थे कि राजा साहब को उनका बहुत लिहाज करने पर भी ऐतराज़ करना पड़ता था। वह कार्यदक्षता, वह तत्परता, वह विचारशीलता, जिन्होंने उन्हें चपरासी से दीवान बनाया था, अब उनका साथ छोड़ गई थी। गुरुसेवक को भी अब मालूम होने लगा था कि पिता की आड़ में कोई दूसरी ही शक्ति रियासत का संचालन करती थी।

एक दिन उन्होंने पिताजी से कहा – 'लौंगी कब तक घर आयेगी?'

दीवान साहब ने उदासीनता से कहा – 'उसका दिल जाने। यहाँ आने की तो खास ज़रूरत नहीं मालूम होती। अच्छा है, अपनी कमी का प्रायश्चित ही कर ले। यहाँ आकर क्या करेगी?'

उसी दिन भाई बहन में भी इसी विषय में बातें हुई। मनोरमा ने कहा – 'भैया, क्या तुमने लौंगी अम्मा को भुला ही दिया। दादाजी की दशा देख रहे हो कि नहीं। सूखकर कांटा हो गए हैं। जब से अम्मा का स्वर्गवास हुआ, दादाजी ने अपने को उसके हाथों बेच दिया। लौंगी ने

न संभाला होता, तो अम्मा जी के शोक में दादाजी प्राण दे देते। मैंने किसी विवाहिता स्त्री में इतनी पति भक्ति नहीं देखी। दादाजी को बचाना चाहते हो, तो लौंगी अम्मा को ले आओ।'

गुरुसेवक – 'मेरा जाना तो बहुत मुश्किल है नोरा।'

मनोरमा – 'क्यों? क्या इसमें आपका अपमान होगा?'

गुरुसेवक – 'वह समझेगी, आखिर इन्हीं की तो गरज पड़ी। आकर और सिर चढ़ जाएगी। उसका मिजाज़ और भी आसमान पर जा पहुँचेगा।'

मनोरमा – 'अच्छी बात है, तुम न जाओ। मगर मेरे जाने में तुम्हें कोई आपत्ति नहीं है।'

गुरुसेवक – 'तुम जाओगी।'

मनोरमा – 'क्यों मैं क्या हूँ? क्या मैं भूल गई हूँ कि लौंगी अम्मा ही ने मुझे गोद में लेकर पाला है। जब मैं बीमार पड़ी थी, तो रात की रात मेरे सिरहाने बैठी रहती थी। क्या मैं इन बातों को भूल सकती हूँ? माता के ऋण से उऋण होना चाहे संभव हो, उसके ऋण से मैं कभी उऋण नहीं हो सकती, चाहे ऐसे-ऐसे दस जन्म लूं।'

गुरु सेवक लज्जित हुये। घर आकर उन्होंने देखा कि दीवान साहब लिहाफ ओढे पड़े हुए हैं। पूछा – 'आपका जी कैसा है?'

दीवान साहब की लाल आँखें बड़ी हुई थी। बोले – 'कुछ नहीं ज़रा सर्दी लग रही है।'

गुरु सेवक – 'आपकी इच्छा हो, तो मैं ज़रा लौंगी को बुला ले आऊं?'

हर सेवक – 'तुम? तुम उसे बुलाने क्या जाओगे? कोई ज़रूरत नहीं, उसका जी चाहे चाहे आए ना आए। हुंह! उसे बुलाने जाओगे। ऐसी कहाँ की अमीरजादी है।'

दूसरे दिन दीवान साहब को ज्वर हो आया। गुरुसेवक ने तापमान लगाकर देखा, जो ज्वर 104 डिग्री का था। घबराकर डॉक्टर को बुलाया। मनोरमा यह खबर पाते ही दौड़ी आई। उसने आते ही आते गुरु सेवक से कहा – 'मैंने आपसे कल ही कहा था, जाकर लौंगी अम्मा को बुला लाइए! लेकिन आप न गए। अब तक तो आप हरिद्वार से लौटते होते। अब भी मौका है। मैं इन की देखभाल करती रहूंगी, तुम इसी गाड़ी से चले जाओ और उनके साथ लाओ। वह इनकी बीमारी की खबर सुनकर एक क्षण भी न रूकेंगी। वह केवल तुम्हारे भय से नहीं आ रही हैं।'

दीवान साहब मनोरमा को देखकर बोले – 'आओ नोरा, मुझे तो आज ज्वर आ गया। गुरु सेवक कह रहा था कि तुम लौंगी को बुलाने जा रही हो। बेटी इसमें तुम्हारा अपमान है। भला दुनिया क्या कहेगी? सोचो, कितनी बदनामी की बात है।'

मनोरमा – 'दुनिया जो चाहे काहे मैंने भैया जी को भेज दिया है।'

हर सेवक – 'यह तुमने क्या किया? लौंगी कभी न आयेगी।'

मनोरमा – 'आयेंगी क्यों नहीं? न आयेंगी, तो मैं खुद जाकर उन्हें मना लाऊंगी।'

हर सेवक – 'तुम उसे मनाने जाओगे। रानी मनोरमा एक कहारिन को मनाने जायेगी?'

मनोरमा – 'मनोरमा कहारिन लौंगी का दूध पीकर बड़ी न होती, तो आज रानी मनोरमा कैसे होती?'

हसीबा का मुरझाया चेहरा खिल उठा, बुझी हुई आँखें जगमगा उठी। प्रसन्नमुख होकर बोले – 'नोरा तुम सचमुच दया की देवी हो। देखो, लौंगी आये और मैं न रहूं, तो उसकी खबर लेती रहना। उसने बड़ी सेवा की है। मैं कभी उसके एहसानों का बदला नहीं चुका सकता। गुरु सेवक उसे सतायेगा, उसे घर से निकालेगा, लेकिन तुम उस दुखिया की रक्षा करना। मैं चाहता तो अपनी सारी संपत्ति उसके नाम लिख सकता हूँ। लेकिन लौंगी कुछ न लेगी। वह दुष्ट मेरी जायदाद का एक पैसा भी न छुयेगी। वह अपने गहने पाते भी काम पड़ने पर इस घर के लिए लगा देगी। कोई उससे आदर के साथ बोले और उसे लूट ले। बस वह सम्मान चाहती है। वह घर की स्वामिनी बनकर भूखों मर जायेगी लेकिन दासी के बनकर सोने का एक कौर भी न छुयेगी। नोरा जिस दिन से वह गई है, मैं कुछ और ही हो गया हूँ। जान पड़ता है मेरी आत्मा ही कहीं चली गई है। तुम्हें अपने बचपन की याद आती है नोरा?'

मनोरमा – 'बहुत पहले की बातें तो नहीं याद हैं। लेकिन लौंगी अम्मा का मुझे गोद में खिलाना ज़रूर याद है। अपनी बीमारी भी याद आती है, जब लौंगी अम्मा मुझे पंखा झला करती थी।'

हर सेवक ने अवरुद्ध कंठ से कहा – 'उससे पहले की बात है नोरा, उस समय हर सेवक तीन बरस का था और तुम्हें तुम्हारी माता साल भर का छोड़कर चल बसी थी। मैं पागल हो गया था। यही जी में आता था कि आत्महत्या कर लूं। उस दशा में इस लौंगी ने ही मेरी रक्षा की। उसकी सेवा ने मुझे मुग्ध कर दिया। उसे तुम लोगों पर प्राण धरता देखकर मुझे उस पर प्रेम हो गया। तुम्हारी माता भी तुम लोगों का पालन इतना तन्मय होकर न कर सकती थी। गुरु सेवक को न जाने कौन सा रोग हो गया था। खून के दस्त आते थे और तिल-तिल कर। इसके बचने की कोई आशा न थी। गलकर कांटा हो गया था। यह लौंगी ही थी, जिसने उसे मौत के मुँह से निकाल लिया। और आज गुरु सेवक उसे घर से निकाल रहा है, समझता है कि लौंगी मेरे धन के लोभ से मुझे घेरे हुए है। मूर्ख नहीं सोचता कि लौंगी जिस समय उसका पञ्जर गोद में लेकर रोया करती थी, उस समय धन कहाँ था। सच पूछो, तो यहाँ लक्ष्मी भी लौंगी के समय ही आई। क्यों नोरा, मेरे साथ कौन खड़ा है? कोई बाहरी आदमी है। कह दो, यहाँ से जाये।'

मनोरमा – 'यहाँ तो मेरे सिवा कोई नहीं है। आपको कोई कष्ट हो रहा है? डॉक्टर को बुलाऊं।'

हर सेवक – 'मेरी दवा लौंगी के पास है। उस सती का कैसा प्रताप था। जब तक पढ़ाई मेरे सिर में दर्द ना हुआ। मेरी मूर्खता देखो कि जब उसने तीर्थ यात्रा की बात कही, तब मेरे

मुँह से एक बार भी न निकला कि तुम मुझे किस पर छोड़कर जाती हो। अगर मैं यह कह सकता, तो वह मुझे छोड़कर कभी न जाती।'

यह कहकर दीवान साहब फिर चौंक पड़े और द्वार की ओर आशंकित नेत्रों से देखकर बोले – 'ये कौन अंदर आया नोरा? ये कौन लोग मुझे घेरे हुए हैं। मुझे कुछ नहीं हुआ। लेटा हुआ बातें कर रहा हूँ।'

मनोरमा ने धड़कते हुए हृदय से उमड़ने वाले आँसुओं को दबाकर पूछा – 'क्या आपका जी घबरा रहा है?'

हर सेवक – 'वह कुछ नहीं था नोरा। मैंने अपने जीवन में अच्छे काम कम किये, बुरे काम ज्यादा किये। अच्छे काम जितने किये, वे लौंगी ने किये हैं। बुरे काम जितने भी किये, वे मेरे हैं। उन दंड का भागी मैं हूँ। लौंगी के कहने पर चलता, तो आज मेरी आत्मा शांत होती।'

मनोरमा आँसुओं के वेग को रोके हुए थी। उसे उस चिर-परिचित स्थान पर आज एक विचित्र शंका जा आभास हो रहा था। ऐसा जान पड़ता था कि सूर्य प्रकाश कुछ क्षीण हो गया। मानो संध्या हो गई। दीवान साहब के मुख की ओर ताकने की हिम्मत न पड़ती थी।

दीवान साहब छत की ओर टकटकी लगाए हुए थे। मानो उनकी दृष्टि अंत के उस पार पहुँचच जाना चाहती हो। सहसा उन्होंने क्षीण स्वर में पुकारा – 'नोरा!'

मनोरमा ने उनकी ओर करुण नेत्रों से देखकर कहा – 'खड़ी हूँ दादाजी!'

दीवान – 'ज़रा कलम दवात लेकर मेरे समीप आ जाओ। कोई और तो यहाँ नहीं है, मेरा दान पत्र लिख दो। गुरुसेवक की लौंगी से न पटेगी। मेरे पीछे उसे बहुत कष्ट होगा। मैं अपनी सब जायदाद लौंगी को देता हूँ। जायदाद के लोभ में गुरुसेवक उससे दबेगा। तुम यह लिख को और तुम्हीं इसकी साक्षी देना। यह वसीयत तुम अपने ही पास रखना।'

मनोरमा अंदर जाकर रोने लगी। आँसुओं का वेग अब उसके रोके न रूका।

थोड़ी देर में राजा साहब आ पहुँचे। अहिल्या भी उनके साथ थी। मुंशी वज्रधर को भी उड़ती हुई खबर मिली। दौड़े आये। रियासत के सैकड़ों कर्मचारी जमा हो गये। डॉक्टर भी आ पहुँचा। किंतु दीवान साहब ने आँख न खोली। अचेत पड़े हुए थे, किंतु आँसुओं की धार बह-बहकर गालों पर आ रही थी।

एकाएक द्वार पर एक बग्गी आकर रूकी और उसमें से एक स्त्री उतरकर घर में दाखिल हुई। शोर मच गया – 'आ गई...आ गई।' यह लौंगी थी।

लौंगी आज ही हरिद्वार से चली थी। गुरुसेवक से उसकी भेंट न हुई थी। इतने आदमियों को जमा देखकर उसका हृदय दहल उठा। उसके कमरे में आते ही और लोग हट गए। केवल मनोरमा, उसकी भाभी और अहिल्या रह गये। लौंगी ने दीवान साहब के सिर पर हाथ रखकर भर्राई हुई आवाज़ में कहा – 'प्राण नाथ! क्या मुझे छोड़कर चले जाओगे?'

दीवान साहब की आँखें खुल गई। उन आँखों में कितनी अपार वेदना थी, किंतु कितना प्रेम।

उन्होंने दोनों हाथ फैलाकर कहा – 'लौंगी और पहले क्यों न आई?'

लौंगी ने दोनों फैले हुए हाथ के बीच अपना सिर रख दिया और अंतिम प्रेमालिंगन के आनंद में विहवल हो गई। आज उसे मालूम हुआ कि जिस के चरणों में मैंने अपने को समर्पित किया था, वह अंत तक मेरा रहा। यह शोकमय कल्पना भी कितनी मधुर और शांतिदायिनी थी।

वह इसी विस्मृती की दशा में थी कि मनोरमा का रोना सुनकर चौंक पड़ी। दीवान साहब के मुख की ओर देखा। तब उसने स्वामी के चरणों पर सिर रख दिया और फूट-फूट कर रोने लगी। एक क्षण में सारे घर में कोहराम मच गया।

ठाकुर हरसेवक सिंह का क्रियाकर्म हो जाने के बाद एक दिन लौंगी ने अपना कपड़ा लत्ता बांधना शुरू किया। उसके पास रुपये-पैसे जो कुछ भी थे, सब गुरुसेवक को सौंपकर बोली – 'भैया मैं अब किसी गाँव में जाकर रहूंगी। उस घर में अब रहा नहीं जाता।'

वास्तव में लौंगी से अब इस घर में रहा नहीं जाता था। घर की एक-एक चीज उसे काटने को दौड़ती थी। पच्चीस वर्ष तक इस घर की स्वामिनी बनी रहने के बाद वह किसी की आश्रिता न बन सकती थी। वैध्तव के शोक के साथ यह भाव कि मैं किसी दूसरे की रोटियों पर पड़ी हूँ, उसके लिए असह्य था। हालांकि गुरुसेवक पहले से अब कहीं ज्यादा उसका लिहाज करते थे और कोई ऐसी बातें न होने देते थे, जिससे उसे रंज हो। फिर भी कभी-कभी ऐसी बातें हो ही जाती थी, जो उसकी पराधीनता की याद दिला देती थी। इसलिए अब वह यहाँ से जाकर किसी देहात में जाकर रहना चाहती थी। आखिर जब ठाकुर साहब ने उसके नाम कुछ नहीं लिखा, उसे दूध में मक्खी की भांति निकाल फेंका, तो वह यहाँ क्यों पड़ी दूसरों का मुँह क्यों जोहे। उसे अब टूटे-फूटे झोपड़े और एक टुकड़ा रोटी के सिवाय कुछ नहीं चाहिए।

गुरुसेवक ने कहा – 'आखिर सुने तो, कहाँ जाने का विचार कर रही हो।'

लौंगी – 'जहाँ भगवान के जाये, वहाँ चली जाऊंगी। कोई नैहर या दूसरी ससुराल है, जो उसका नाम बता दूं।'

गुरुसेवक – 'सोचती हो, तुम चली जाओगी, तो मेरी कितनी बदनामी होगी। दुनिया यही कहेगी कि इससे एक बेवा का पालन न हो सका। मेरे लिए कहीं मुँह दिखाने की भी जगह न रहेगी। तुम्हें उस घर में जो शिकायत हो, मुझसे कहो; जिस बात की ज़रूरत हो, मुझे बतला दो। अगर मेरी तरफ से उसमें ज़रा भी कोर-कसर देखो, तो तुम्हें अख्तियार है, जो चाहे करना। यों मैं कभी जाने न दूंगा।'

लौंगी – 'क्या बांधकर रखोगे?'

गुरुसेवक – 'हाँ बांधकर रखेंगे।'

अगर उम्र भर में लौंगी को गुरुसेवक की कोई बात पसंद आई, तो वह यही दुराग्रह पूर्ण वाक्य था। लौंगी का हृदय पुलकित हो गया। इस वाक्य में उसे आत्मीयता जान पड़ी। उसने तेज आवाज़ में कहा – 'बांधकर क्यों रखोगे? क्या तुम्हारी बेसाही हूँ?'

गुरुसेवक – 'हाँ बेसाही हो। मैंने नहीं बेसाहा, मगर मेरे बाप ने तो बेसाहा है। बेसाही न होती, तो तीस साल यहाँ रहती कैसे? मैं तुम्हारे पैर तोड़कर रख दूंगा। क्या तुम अपने मन की हो कि जो चाहोगी करोगी और जहाँ चाहोगी जाओगी और कोई कुछ न बोलेगा। तुम्हारे नाम के साथ मेरी और मेरे पूज्य पिताजी की इज्जत बंधी हुई है।'

लौंगी के जी में आया कि गुरुसेवक के चरणों पर सिर रख कर रोऊं और छाती से लगाकर कहूं – 'बेटा मैंने तो तुझे गोद में खिलाया है, तुझे छोड़कर भला मैं कहाँ जा सकती हूँ? लेकिन उसने क्रुद्ध भाव से कहा – 'ये तो अच्छी दिल्लगी है। यह मुझे बांधकर रखेंगे।'

गुरुसेवक तो झल्लाए हुए भाव से बाहर चले गए और लौंगी अपने कमरे में जाकर खूब रोई। गुरुसेवक किसी महरी से क्या कह सकते थे कि हम तुम्हें बांध कर रखेंगे। कभी नहीं; लेकिन अपनी स्त्री से वह यह बात कह सकते हैं। क्योंकि उसके साथ उसकी इज्जत बंधी हुई है। थोड़ी देर बाद भाव उठकर एक महरी से बोला – 'सुनती है रे! मेरे सिर में दर्द हो रहा है। ज़रा कर दबा दें।'

सहसा मनोरमा ने कमरे में प्रवेश किया और लौंगी को सिर में तेल डलवाते देखकर बोली – 'कैसा जी है अम्मा? सिर में दर्द है क्या?'

लौंगी – 'नहीं बेटा! जी तो अच्छा है। आओ बैठो।'

मनोरमा ने महरी से कहा – 'तुम जाओ। मैं दबाये देती हूँ।'

महरी चली गई। मनोरमा सिर दबाने बैठी तो लौंगी ने उसका हाथ पकड़ लिया और बोली – 'नहीं बेटा! तुम रहने दो। दर्द नहीं था। यों ही बुला लिया था। कोई देखे, तो कहे बुढ़िया पगला गई है। रानी से सिर दबवाती है।'

मनोरमा ने सिर दबाते हुए कहा – 'रानी जहाँ हूं, वहाँ हूँ। यहाँ तो तुम्हारी गोद में खिलाई हुई नोरा हूँ। आज तो भैया जी यहाँ से जाकर तुम्हारे ऊपर खूब बिगड़ते रहे। मैं उसकी टांग तोड़ दूंगा, गर्दन काट दूंगा। कितना पूछा – कुछ बताओ तो, बात क्या है। पर गुस्से में कुछ सुने ही न। भाई हैं, तो क्या? उनका यह अन्याय मुझसे नहीं देखा जाता। दादाजी उनकी नीयत को पहले ही ताड़ गए थे। मैंने तुमसे अब तक नहीं कहा था अम्माजी, मगर आज उनकी बातें सुनकर कहती हूँ, दादाजी ने अपनी सारी जायदाद तुम्हारे नाम लिख दी है।'

लौंगी पर इस सूचना का ज़रा भी असर न हुआ। किसी प्रकार का उल्लास, प्रफुल्लता या गर्व उसके चेहरे पर न दिखाई दिया। वह उदासीन भाव से चारपाई पर पड़ी रही। मनोरमा

ने फिर कहा – 'मेरे पास उनकी लिखवाई हुई वसीयत रखी हुई है। और मुझी को उन्होंने उसका साक्षी बनाया है। जब यह महाशय वसीयत देखेंगे, तो आँखें खुलेंगी।'

लौंगी ने गंभीर स्वर में कहा – 'नोरा तुम यह वसीयत नामा उन्हीं को जाकर दे दो। तुम्हारे दादाजी ने व्यर्थ ही वसीयत लिखवाई। मैं उनकी जायदाद की भूखी नहीं थी। उनके प्रेम की भूखी थी। और ईश्वर की साक्षी देकर कहती हूँ बेटी कि इस विषय में मेरे जैसा भाग्य बहुत कम स्त्रियों का होगा। मैं उनका प्रेमधन पाकर ही संतुष्ट हूँ। इसके सिवाय मुझे और किसी धन की इच्छा नहीं है। गुरुसेवक को मैंने गोद में खिलाया है, उसे पाला पोसा है। वह मेरे स्वामी का बेटा है। उसका हक मैं किस तरह छीन सकती हूँ। उसके सामने की थाली किस तरह खींच सकती हूँ। वह फाड़कर फेंक दी। वह कागज लिखकर उन्होंने अपने साथ और गुरुसेवक के साथ अन्याय किया है। गुरुसेवक अपने बाप का बेटा है, तो मुझे आदर से रखेगा। वह मुझे माने न माने, मैं उसे अपना ही समझती हूँ। तुम बैठी मेरा सिर दबा रही हो, क्या धन में इतना सुख मिल सकता है। गुरुसेवक के मुँह से अम्मा सुनकर मुझे वह खुशी होगी, जो संसार की रानी बनकर भी नहीं हो सकती। तुम उनसे इतना ही कह देना।'

यह कहते कहते लौंगी की आँखें सजल हो गई। मनोरमा उसकी ओर प्रेम, श्रद्धा, गर्व और आश्चर्य से ताक रही थी, मानो वह कोई देवी हो।

✠✠✠

अध्याय 21

जगदीशपुर के ठाकुर द्वारे पर नित सादगी महात्मा आते रहते थे। शंखधर उनके पास जा बैठता और उनकी बातें बड़ी ध्यान से सुनता। उसके पास चक्रधर की तस्वीर थी, उससे मन ही मन साधुओं की तस्वीर का मिलान करता। परंतु उस सूरत का साधु उसे न दिखाई देता। किसी की भी बातचीत से चक्रधर की टोह न मिलती।

एक दिन मनोरमा के साथ शंखधर भी लौंगी के पास गया। लौंगी बड़ी देर तक अपनी तीर्थ यात्रा की चर्चा करती रही। शंखधर उसकी बात गौर से सुनने के बाद बोला – 'क्यों दाई, तुम्हें तो साधु सन्यासी बहुत मिले होंगे।'

लौंगी ने कहा – 'हाँ बेटा! मिले क्यों नहीं? एक साधु तो ऐसा मिला था कि हूबहू तुम्हारे बाबूजी से सूरत मिलती थी। बदले हुए भेष में ठीक से पहचान न सकी, लेकिन मुझे ऐसा मालूम होता था, मानो वहीं हैं।'

शंखधर ने बड़ी उत्सुकता से पूछा – 'जटा बड़ी-बड़ी थी।'

लौंगी – 'नहीं जटा-सटा तो नहीं थी, न ही वस्त्र गेरूये रंग के थे। हाँ, कमंडल अवश्य लिए हुए थे। जितने दिन मैं जगन्नाथ पुरी में रही, वह एक बार रोज़ मेरे पास आकर पूछ जाते – क्यों माताजी! आपको किसी बात का कष्ट तो नहीं है? और यात्रियों से भी वह यही बात पूछते थे।'

शंखधर बोला – 'दाई! तुमने यहाँ तार क्यों न दिया। हम लोग फौरन पहुँच जाते।'

लौंगी – 'अरे तो कोई बात भी तो हो बेटा। न जाने कौन था, कौन नहीं था। बिना जाने-बूझे कैसे तार दे देती।'

शंखधर – 'मैं यदि उन्हें एक बार देख पाऊं, तो फिर कभी साथ ही न छोड़े। क्यों दाई, आजकल वे सन्यासीजी कहाँ होंगे?'

मनोरमा – 'अब दाई यह क्या जाने? अब सन्यासी कहीं एक जगह रहते हैं, जो वह बता दें।'

शंखधर – 'अच्छा दाई, तुम्हारे खयाल में सन्यासीजी की उम्र क्या रही होगी?'

लौंगी – 'मैं समझती हूँ कि उनकी उम्र चालीस वर्ष की रही होगी।'

शंखधर ने कुछ हिसाब करके कहा – 'रानी अम्मा! यही तो बाबूजी की भी उम्र होगी।'

मनोरमा ने बनावटी क्रोध से कहा – 'हाँ हाँ! वही सन्यासी तुम्हारे बाबूजी हैं। बस, अब माना। अभी उम्र चालीस की कैसे हो जायेगी?'

शंखधर समझ गया कि मनोरमा को यह जिक्र बुरा लगता है। इस विषय मैं फिर मुख से एक शब्द न निकाला। लेकिन वहाँ रहना अब उसके लिए असंभव था।

पुरी का हाल तो उसने भूगोल में पढ़ा था। लेकिन अब उस अल्पज्ञान से उसे संतोष न हो सकता था। वह जानना चाहता था कि पुरी कौन रेल जाती है। घर के पुस्तकालय में शायद कोई ऐसा ग्रंथ मिल जाए, यह सोचकर वह बाहर आया। शोफर से बोला – 'मुझे घर पहुँचा दो।'

घर आकर पुस्तकालय में जा ही रहा था कि गुरुसेवक सिंह मिल गये।

शंखधर उन्हें देखते ही बोला – 'गुरुजी! ज़रा कृपा करके मुझे पुस्तकालय से कोई ऐसी पुस्तक निकाल दीजिए, जिसमें तीर्थ स्थानों का पूरा-पूरा हाल लिखा हो।'

गुरुसेवक ने कहा – 'ऐसी तो कोई किताब पुस्तकालय में नहीं है।'

शंखधर – 'अच्छा तो मेरे लिए ऐसी कोई किताब मंगवा दीजिये।'

यह कह कर वह लौटा ही था कि कुछ सोचकर बाहर चला गया और एक मोटर तैयार करके शहर चला। अभी उसका तेरहवां ही साल था, लेकिन चरित्र में इतनी दृढ़ता थी कि जो बात मन में ठान लेता, उसे पूरा करके ही छोड़ता। शहर जाकर उसने अंग्रेजी पुस्तकों की कई दुकानों में तीर्थ यात्रा संबंधी पुस्तकें देखीं और किताबों का एक बंडल लेकर घर आया।

राजा साहब भोजन करने बैठे, तो शंखधर वहाँ न था। अहिल्या ने जाकर देखा तो वह अपने कमरे में बैठा कोई किताब देख रहा था।

अहिल्या ने कहा – 'चलकर खाना खा लो। दादाजी बुला रहे हैं।'

शंखधर – 'अम्मा जी! आज मुझे बिल्कुल भूख नहीं है।'

अहिल्या ने उसके सामने से खुली हुई किताब उठा ली और दो चार पंक्तियाँ पढ़कर बोली – 'इसमें तो तीर्थों का हाल लिखा हुआ है – जगन्नाथ, बद्रीनाथ, काशी और रामेश्वर। यश किताब कहाँ से लाये?'

शंखधर – 'आज ही तो बाजार से लाया हूँ। दाई कहती थी कि बाबूजी की सूरत का एक सन्यासी उन्हें जगन्नाथ में मिला था।'

अहिल्या ने शंखधर को दया सजल नेत्रों से देखा; पर उसके मुख से कोई बात न निकली। आह! मेरे लाल तुममें इतनी पितृ भक्ति क्यों है? तू पिता के वियोग में क्यों इतना पागल हो गया है? तुझे तो पिता की सूरत भी याद नहीं। तुझे तो इतना भी याद नहीं कि कब पिता की गोद में बैठा था, कब उनकी प्यार की बातें सुनी थी।

फिर भी तुझे उन पर इतना प्रेम है? और वह इतने निर्दयी हैं। आँसुओं के वेग को दबाते हुए वह बोली – 'बेटा तुम्हारा उठने का जी न चाहता हो, तो यहीं लाऊं।'

शंखधर – 'अच्छा खा लूंगा माँ। किसी से खाना भिजवा दो, तुम क्यों लाओगी।'

अहिल्या एक क्षण में छोटी सी थाली में भोजन लेकर आयी और शंखधर के सामने रखकर बैठ गई।

शंखधर को इस समय खाने की रुचि न थी, यह बात नहीं थी। उसे अब तक निश्चिंत रूप से अपने पिता के विषय में कुछ मालूम न था। वह जानता था कि वह किसी दूसरी जगह आराम से होंगे। आज उसे यह मालूम हुआ कि वह सन्यासी हो गए हैं। अब वह राजसी भोजन कैसे करता? इसलिए उसने अहिल्या से कहा था कि भोजन किसी के हाथों भेज देना, तुम न आना। अब वह थाल देखकर वह बड़े धर्म संकट में पड़ा। अगर नहीं खाता, तो अहिल्या दुखी होती; अगर खाता, तो कौर मुँह में न जाता। उसे खयाल आया कि मैं यहाँ चांदी के थाल में मोहन भोग लगाने बैठा हूँ और बाबूजी पर न जाने उस समय क्या गुजर रही होगी। बेचारे किसी पेड़ के नीचे पड़े होंगे, न जाने कुछ खाया होगा या नहीं। वह थाली पर बैठा, लेकिन कौर उठाते ही फूट-फूट कर रोने लगा। अहिल्या उसके मन का भाव ताड़ गई और स्वयं रोने लगी। कौन किसे समझाता?

आज से अहिल्या को हरदम यही संशय रहने लगा कि शंखधर पिता की खोज में कहीं भाग न जाये। उसने सब को मना कर दिया कि शंखधर के सामने पिता की चर्चा न करें। कहीं शंखधर पिता के गृह त्याग का कारण न जान ले। कहीं वह यह ना जान जाए कि बाबूजी को राज पाठ से घृणा है। नहीं तो फिर इसे कौन रोकेगा।

उसे अब हरदम यही पछतावा होता रहता कि मैं शंखधर को लेकर स्वामी के साथ क्यों न चली गई। राज के लोभ में वह पति को पहले ही खो बैठी थी, कहीं पुत्र को भी तो न खो बैठेगी।

शंखधर का नाम स्कूल में लिख दिया गया है। स्कूल से छुट्टी पाकर वह सीधा लौंगी के पास जाता है और उसे तीर्थ यात्रा की बातें पूछता है।

यात्री लोग ठहरते हैं, कहाँ खाते हैं; जहाँ रेलें नहीं हैं, वह लोग कैसे जाते हैं, चोर तो नहीं मिलते? लौंगी उसके मनोभाव को ताड़ती है। लेकिन इच्छा न होते हुए भी उसे सारी बातें बतानी पड़ती है। वह झुंझलाती है, घुड़क बैठती है, लेकिन जब वह किशोर आग्रह करके उसकी खोज में बैठ जाता है, तो उसे दया आ जाती है।

छुट्टियों के दिन शंखधर पितृ गृह के दर्शन करने अवश्य जाता है। वह घर उसके लिए तीर्थ है। निर्मला की आँखों से देखने से तृप्त ही नहीं होती।

दादा और दादी दोनों उसके बालोत्साह से भरी बातें सुनकर मुग्ध हो जाते हैं। उनके हृदय पुलकित हो उठते हैं। ऐसा जान पड़ता है कि चक्रधर स्वयं बाल्य रूप धरकर उनका मन हरने आ गया है।

एक दिन निर्मला ने कहा – 'बेटा तुम यहीं आकर क्यों नहीं रहते? तुम चले जाते हो, तो घर काटने को दौड़ता है।'

शंखधर ने कुछ सोचकर गंभीर भाव से कहा – 'अम्मा जी तो आती ही नहीं। वह क्यों कभी यहाँ नहीं आती दादी जी।'

निर्मला – 'क्या जाने बेटा, मैं उसके मन की बात क्या जानू? तुम कभी कहते नहीं। आज कहना देखो क्या कहती है?'

शंखधर – 'नहीं दादीजी! वह रोने लगेंगी। जब थोड़े दिन में मैं गद्दी पर बैठूंगा, तो यही मेरा राजभवन होगा। तभी अम्मा जी आयेंगी।'

जब वह चलने लगा, तो निर्मला द्वार पर खड़ी हो गई।

सहसा शंखधर ड्योढ़ी पर खड़ा हो गया और बोला – 'दादी जी आपसे कुछ मांगना चाहता हूँ।'

निर्मला ने विस्मित होकर सजल नेत्रों से उसे देखा और गदगद होकर बोली – 'क्या मांगते हो बेटा?'

शंखधर – 'मुझे आशीर्वाद दीजिए कि मेरी मनोकामना पूरी हो।'

निर्मला ने पोते को कंठ से लगाकर कहा – 'भैया, मेरा तो रोंया-रोंया तुझे आशीर्वाद देता है। ईश्वर तुम्हारी मनोकामनायें पूरी करें।'

शंखधर घर पहुँचा, तो अहिल्या ने पूछा – 'आज इतनी देर कहाँ लगाई बेटा? मैं कब से तुम्हारी राह देख रही हूँ।'

शंखधर – 'अभी तो बहुत देर नहीं हुई अम्मसी। ज़रा दादी जी के पास चला गया था। उन्होंने तुम्हें आज एक संदेश भेजा है।'

अहिल्या – 'क्या खबर है, सुनूं। कहीं तुम्हारे बाबूजी की कोई खबर तो नहीं मिली है।'

शंखधर – 'नहीं बाबूजी की खबर नहीं मिली है। तुम कभी कभी वहाँ क्यों नहीं चली जाती।'

अहिल्या ने ऊपरी मन से हाँ तो कह दिया, लेकिन भाव से साफ़ मालूम होता था कि वह वहाँ जाना उचित नहीं समझती। शायद वह कह सकती, तो कहती – वहाँ से तो एक बार निकाल दी गई थी, अब कौन मुँह लेकर जाऊं? क्या अब मैं कोई दूसरी हो गई हूँ।

अहिल्या तश्तरी में मिठाईयाँ और मेवे लेकर आई और एक लौंडी से पानी लाने को कहकर बेटे से बोली – 'वहाँ तो कुछ जलपान न किया होगा। खा लो। आज तुम इतने उदास क्यों हो?'

शंखधर ने तश्तरी की ओर बिना देखे ही कहा – 'क्यों अम्मा जी! बाबूजी को हम लोगों की याद भी कभी आती होगी।'

अहिल्या ने सजल नेत्र होकर कहा – 'क्या जाने बेटा, याद आती, तो काहे कोसो दूर बैठे रहते।'

शंखधर – 'क्या वे बड़े निष्ठुर हैं अम्मा?'

अहिल्या रो रही थी। कुछ न बोल सकी। उसका कंठ स्वर अश्रुप्रवाह में समा जा रहा था।

शखधर ने फिर कहा – 'मुझे तो मालूम होता है अम्मा जी कि वे बहुत निर्दयी हैं। इसी से उन्हें हम लोगों का दुख नहीं जान पड़ता। मेरा तो कभी-कभी ऐसा चित्त होता है कि देखूं तो प्रणाम तक न करूं। कह दूं, आप मेरे होते कौन हैं? आप ही ने हम लोगों को त्याग दिया है।'

अब अहिल्या चुप न रह सकी। कांपते हुए स्वर में बोली – 'बेटा, उन्होंने हमें त्याग नहीं दिया है। वहाँ उनकी जो दशा हो रही होगी, उसे मैं ही जानती हूँ। हम लोगों की याद एक क्षण को भी उनके चित्त से न उतरती होगी। खाने पीने का ध्यान भी न रहता होगा। यह सब मेरा ही दोष है बेटा। उनका कोई दोष नहीं।'

शंखधर ने कुछ लज्जित होकर कहा – 'अच्छा अम्मा जी, मुझे देखें, तो वह पहचान जायेंगे कि नहीं?'

अहिल्या – 'तुम्हें, मैं तो जानती हूँ कि न पहचान सकेंगे। तब तक जरा सा बच्चा था। आज उनको गए दसवां साल है। भगवान करे, जहाँ रहें, कुशल से रहें। बदा होगा, तो कभी भेंट हो ही जायेगी।'

शंखधर अपनी ही धुन में मस्त था। उसने यह बातें सुनी ही नहीं। बोला – 'लेकिन अम्मा जी! मैं तो उन्हें देखकर फौरन पहचान जाऊं। वह चाहे किसी वेश में हो, मैं पहचान लूंगा।'

अहिल्या – 'नहीं बेटा, तुम भी उन्हें न पहचान सकोगे। तुमने उनकी तस्वीरें ही तो देखीं हैं। ये तस्वीरें बारह साल पहले की है। फिर उन्होंने केश भी बढ़ा लिये होंगे।'

शंखधर ने कुछ जवाब न दिया। बगीचे में जाकर दीवारों को देखता रहा, फिर अपने कमरें में आया और चुपचाप बैठकर कुछ सोचने लगा। वह यहाँ से भाग निकलने को विकल हो रहा था।

एकाएक उसे खयाल आया कि ऐसा न हो कि लोग मेरी तलाश में निकले, थाने में हुलिया लिखायें, खुद भी परेशान हों और मुझे भी परेशान करें। इसलिए उन्हें बता देना चाहिए कि मैं कहाँ और किस काम के लिए जा रहा हूँ। अगर किसी ने मुझे जबरदस्ती लाना चाहा, तो अच्छा न होगा। हमारी खुशी है, जब चाहेंगे आयेंगे; हमारा राज्य तो कोई नहीं उठा ले जायेगा। उसने एक कागज पर पत्र लिखा और अपने बिस्तर पर रख दिया।

आधी रात बीत चुकी थी। शंखधर एक कुत्ता पहने कमरे से निकला। बगल के कमरे में राजा साहब आराम कर रहे थे।

वह पिछवाड़े की तरफ बाग में गया और एक अमरूद के पेड़ पर चढ़कर बाहर की ओर कूद गया। अब उसके सिर पर तरीका मंडित नीला आकाश था, सामने विस्तृत मैदान और छाती में उल्लास और आशा से धड़कता हृदय। वह बड़ी तेजी से कदम बढ़ाता हुआ चला। कुछ नहीं मालूम कि किधर जा रहा है, तकदीर कहाँ लिए जाती है।

✠✠✠✠✠

www.ingramcontent.com/pod-product-compliance
Lightning Source LLC
LaVergne TN
LVHW090426051026
849518LV00006B/2449
* 9 7 8 8 1 1 9 3 0 9 1 1 5 *